恋いちもんめ

宇江佐真理

朝日文庫

本書は二〇〇八年六月、幻冬舎文庫より刊行されたものです。

目次

恋いちもんめ

呼《よ》ぶ子《こ》鳥《どり》

一

　両国広小路の朝は、どこかのんびりとした雰囲気に包まれている。大川沿いに並んでいる髪結床《かみゆいどこ》には客の姿もちらほら見えるが、おおかたの床見世《とこみせ》（住まいのつかない店舗）は暖簾《のれん》を出したり、品物を並べたりして商売の準備に余念がない。両国広小路には様々な床見世、水茶屋、芝居小屋、見世物小屋、楊弓場《ようきゆうば》、安い手間賃の髪結床がひしめいていた。

　日中は居並ぶ床見世や芝居小屋の呼び込みの声、人々の話し声、笑い声、たまさか怒鳴り声、それに下駄や雪駄《せった》の足音が一緒くたになり、辺りは低い地鳴りのような喧《けん》騒《そう》に包まれる。その喧騒は店仕舞《じま》いする夕方まで続くのだ。

　両国広小路は大川を挟んで本所《ほんじよ》側に位置する東両国広小路とともに江戸随一の繁華街だった。だが、朝だけ、その喧騒を忘れさせる静かな時間がある。

つかの間《ま》の静けさの中、通りをぼんやり眺めながらもの思いに耽《ふけ》るのは、今年十七になったお初《はつ》の楽しみだった。

水茶屋の「明石屋《あかしや》」は、両国広小路では少し大きな見世だ。お初は明石屋の娘だった。

鶯《うぐいす》色に白く「あかしや」と染め抜いた短い暖簾は見世の軒先《のきさき》をぐるりと囲うように下がっている。外からは見世の中が丸見えである。

客の意図は茶よりも美人の茶酌女《ちゃくみむすめ》であることが多い。赤い襷《たすき》に赤い前垂《まえだ》れを締め、客に茶を運ぶ傍《かたわ》ら愛想を振り撒《ま》く。軽口の一つでも叩《たた》こうものなら客はだらしなく相好《そう》《ごう》を崩した。

水茶屋は美人の茶酌女を置くのがお決まりである。

明石屋は三人の茶酌女を雇《やと》っているので、本当ならお初が手伝いをしなくてもよいのだが、この三人の女達は、何んの彼《か》んのと理由をつけては見世を休む。そうするとお初の父親の源蔵《げんぞう》は「おせんがさあ、月の障《さわ》りで休むんだって。お初、今日は手伝っとくれよ」と、猫撫《ねこな》で声で頼むのだ。

家業《かぎょう》が水茶屋だからって、お前に苦労はさせないよ、大丈夫、お前は気随気儘《きずいきまま》に暮らせばいいってこと。

小梅《こうめ》村の里親から実家に呼び戻される時、源蔵はお初にそう言った。その舌の根も乾かない内に茶酌女のおはんが風邪を引いただの、おせんが親戚に法事があるの、おまきが見世を辞《や》めるんで、代わりが見つかるまでだのと言って、お初に手伝いを求めた。どこが気随気儘に暮らせるだと、お初は内心で毒づいていた。茶酌女は見世に居着かず、くるくると顔ぶれが変わる。美人の茶酌女は女衒《ぜげん》の目につきやすい。吉原の小見世《こみせ》や岡場所に転ぶ者が多かった。

花見の季節は明石屋のかきいれ時で、源蔵は向島《むこうじま》に葦簀《よしず》張りの出店《でだな》（支店）を出す。そっちに茶酌女が二人ほど行くから、結局、両国広小路の見世は人手が足らなくなり、お初が手伝いをしなければならないのだ。

江戸は花見の季節を迎えていた。客の足も上野や向島へ向かうのか、両国広小路の人出は、もう一つに思えた。

お初の家は米沢《よねざわ》町に別にあり、その近所に裁縫の師匠がいた。小梅村にいた時、手習いの稽古《けいこ》はしていたが、裁縫はしていなかった。年頃になって、自分の着物も縫えないのは恥ずかしいと考えたお初は、母親のお久《ひさ》に裁縫の稽古に通わせてくれと頼んだ。

お久は「着物は呉服屋に縫わせたらいいじゃないか」と言ったが、さほど反対もせず師匠に口を利《き》いてくれた。それは昨年の春のことだった。

女物の浴衣《ゆかた》、男物の浴衣、四《よ》つ身《み》（子供の着物）、半纏《はんてん》、袷《あわせ》、羽織――初心者はその手順で稽古が進められる。一緒に稽古に上がった指物師《さしものし》の娘のおしょうは、とっくに羽織に入っているのに、お初はまだ、四つ身を仕上げたばかりだ。手が遅いせいもあるが、商売の手伝いで時間を取られるのも稽古が進まない理由だった。苦労して仕上げた四つ身は、お初に断りもなく親戚の子供の手に渡った。

自分の拵《こしら》えたものだから、もう少し手許に置いて眺めていたかった。文句を言うと、お久は眼を吊り上げ、反物の銭を出したのは自分だと怒鳴った。全く、自分の親ながら嫌気《いやけ》が差した。こんなことなら、ずっと小梅村にいたかったと思う。すると堀の傍《そば》にあった茅葺《かやぶ》き屋根の家が途端に懐かしく思い出された。

里親の捨蔵《すてぞう》とお留《とめ》は、源蔵の父親が生きていた頃、米沢町の家に夫婦で奉公していたという。子供のない夫婦で、捨蔵が還暦を迎えたのを潮に夫婦は兄弟のいる小梅村に引っ込んだのだ。

お初には年子の兄の政吉《まさきち》がいる。政吉は生まれつき病《やまい》がちの子供だったので、すぐ後に生まれたお初の世話がお久の手に余った。それで三つの時にお初は小梅村に連れて行かれたのだ。月に一度、源蔵は菓子とおもちゃを携《たずさ》えてお初の様子を見に来たが、お久は、一度もやって来たことはない。

源蔵は一刻《いっとき》（約二時間）ほどお初につき合うと「また来月な。いい子にするんだぜ」と、お初を諭《さと》して帰って行った。毎月やって来るのは、捨蔵にお初の喰《く》い扶持《ぶち》を届けるためでもあったのだろう。たまにそれが滞《とどこお》ると、捨蔵とお留は途端に困惑した表情になったのを覚えている。

年老いた二人にとって、お初の喰い扶持は生計《たつき》の足《た》しにもなっていたのだろう。だが、そんな事情がわかったのは、お初に分別がついてからだ。十四の時に捨蔵が亡くなると、源蔵とお久はお初を呼び戻すことを決心した。

お留はお初が米沢町に呼び戻されてから一年後に死んだ。まるで捨蔵の後を追うように。

お初は悔《く》やみに行きたかったが、源蔵もお久も香典は届けたから、お前がわざわざ行く必要はないと言った。二人は小梅村との関わりを断《た》ち切りたい様子でもあった。

（もう三年……）

お初は胸で呟《つぶや》いた。小梅村から出て来て過ぎた年月を、お初はことあるごとに数える。あの茅葺きの家はどうなっただろう。傍に堀があって、堀の向こう側は武家屋敷だった。時々、馬に乗った武士が前の道を通った。堀では近所の子供の石松《いしまつ》と田螺《たにし》を採《と》ったり、小魚を手拭《てぬぐ》いで掬《すく》ったりして遊んだ。

堀の横には火の見櫓《やぐら》があった。その櫓は剝《む》き出しではなく入子下見《いれこしたみ》にした板で囲われていた。夏は堀沿いに生えている雑草がこれでもかというほどはびこり、草の匂いに咽《むせ》る。そして夜になると蛍の灯りがちらちら見えた。お初には忘れられない懐かしい景色だ。

「見世の名が明石屋だからって、わっちが明石の出身と考えるのは、ちょいと早計ですよう。わっちは嘘《うそ》も隠しもない正真正銘の江戸っ子。水茶屋はね、どういう訳か源氏絵巻に因《ちな》んだ屋号が多いんですよ。ええ、明石屋は、うちの親父が付けたんですよ。親父、蛸《たこ》が好物だったから。ほら、明石の蛸、なんちゃって」

源蔵の声が聞こえた。毎度毎度、愚《ぐ》にもつかない仕方噺《しかたばなし》を客に聞かせるのだ。客がおもしろそうに笑うのもお初をいらいらさせる。

お初はそっと顔をしかめた。茶酌女のおせんがお初の様子に気づいて、くすりと笑った。

おせんは二十歳《はたち》になる。年の割に色っぽい女だ。色が白く整った顔立ちもしている。美貌《びぼう》が仇《あだ》となって、言い寄る男が多く、その若さですでに二人も亭主を替えていた。亭主と別れると金に詰まるので、その度に源蔵に縋《すが》り、明石屋に奉公するということを繰り返していた。

後の二人の茶酌女は兄の政吉と一緒に向島に出張《でば》っている。花が散るまで近くの木賃宿《きちんやど》で寝泊りして商売をするのだ。

「どうせなら朝顔にしたらよかったたって？　旦那、そいじゃ、夕方に商売できないじゃないの。須磨《すま》？　す（つ）まらない。野分《のわき》？　家ん中はいつも野分の後のように、とっ散らかっていますけどね」

その後で、ひーひー甲高《かんだか》い声で源蔵は笑う。自分の話に自分でうけている。能天気な男である。口開《くちあ》け一番の客は行商人のようだ。大きな風呂敷包みを傍に置いている。朝早くから商売をして、ひと息つくつもりで明石屋の床几《しょうぎ》に座ったのだ。

明石屋では一斤《きん》（約六百グラム）六匁《もんめ》（約四百文）の煎茶《せんちゃ》を使っている。客に出す時、一杯目は小さな取っ手のある笊《ざる》に茶の葉を入れ、煮立った湯を注ぐ。これを漉《こ》し茶という。

その客は源蔵に大坂の水茶屋のものより、よほど味がいいと世辞を言った。源蔵は相好を崩し、お初に目配せする。お代わりの催促だ。

お代わりは桜の花の塩漬けに湯を注いだ桜湯を出す。あるいは香煎《こうせん》（赤米を煎《い》って香料をつけたもの）の入った茶を出すこともあった。客はだいたい、二、三杯の茶を飲んでゆく。

　行商人の客は大坂より味はいいと言ったが、その代わり、茶代も大坂の比ではない。値段に決まりはないのだが、一人二十四文、三十文が相場で、十六文以下の茶代を置く者はいない。大坂はせいぜい五文か七文で、茶代に金を掛けない土地柄だそうだ。

　明石屋の二階には小部屋が五つ用意されていた。それは近所で訴訟があった場合、名主《なぬし》立合いの許に話し合いが持たれ、当人同士の部屋、それぞれの名主の部屋、両方の話をまとめる用人の部屋と、最低五つの部屋が必要だったからだ。訴訟の他、見合いや、たまさか男女の逢引《あいびき》に使われることもあった。小部屋を使う場合、茶代は二分から一両まで跳《は》ね上がった。

「おや、桜湯だ。思わぬ所で花見ができたよ」

　四十がらみの客は大層機嫌がよかった。客は桜湯を出したお初の顔を見て、「化粧をしていない茶酌女は珍しいね」と言った。

「旦那、こいつはわっちの娘ですよ」

「まさか。お前さんにこんな大きいのがいるなんて信じられないよ。娘のふりをした何んとかじゃないのかい」

　源蔵は四十六だが、二十歳の時から目方が変わっていない。そのせいで年より若く見えた。

「何んとかってなんですよう。これ、何んとか。旦那に、確かに娘だって言っておやりよ」

源蔵は悪戯《いたずら》っぽい顔でお初に言った。

「あたし、何んとかじゃありません！」

お初はむっとして口を返した。

「これですからねえ。うちの何んとかの、まあ愛想のないこと」

源蔵は取り繕《つくろ》う。客は愉快そうに笑った。

「いや、確かに娘だってわかったよ。そんな口を叩くのは実の娘しかいないやね」

「でしょう、でしょう？」

「うちの娘も同じよ。年頃になるといけないねえ。まるでおれのこと、汚《きたな》いものでも見るような眼をしやがる」

「旦那、そん時、顔に墨でもつけていなかった？」

「おきゃあがれ」

口調は荒いが客の顔は笑っていた。

「さて、とんだ所で油を売っちまった。ごっそうさん」

客は懐《ふところ》から紙入れを出すと、波銭《なみせん》（四文銭）を摑《つか》み出して床几に置いた。波銭は六つ。二十四文だ。

「おありがとうございます、旦那」

「お前さんの話、おもしろかったぜ。また来《く》らァ」

「待ってますよう」

阿《おもね》るように源蔵は言って客を送り出した。

「ああ、やれやれ。朝からつまんない話をしちまったよ」

客の姿が見えなくなると源蔵は吐息混じりに呟いた。

「何んなのよ、いったい。呆《あき》れてものが言えない」

お初はぷりぷりして客の使った湯呑を片づけた。

「お初、わっちは好きで馬鹿話をしてる訳じゃないの。また次も来て貰いたいから愛想をしてるの。いい加減、うちの商売のことをわかりなさいよ」

「とっくにわかっている。お父っつぁんは、そのうまい口でお客さんからお足を取るってことでしょう？」

「きついことを言うね。そんな了簡《りょうけん》だと、いい所へ嫁に行けないよ」

「おあいにく。あたしはお嫁になんて行きません」

「へえ、そんなこと言っていいのかい。今に、どうぞお父っつぁん、後生だから添わせておくれって妙なのを連れて来るくせに。おせんなんかさあ、お前の年には丸髷《まるまげ》結って、きどって歩いていたよ」

「旦那さん……」

おせんが咎《とが》めるように口を挟んだ。

「ま、そんなことはどうでもいいが、向島はちゃんとやっているかな。今日辺り、様子を見てこよう。政の奴、新入りに手を出さなきゃいいけどね」

つかの間、源蔵は真顔になった。おせんの表情も硬くなった。政吉は周りに大事にされて育った。そのせいですっかり我儘《わがまま》な男になった。我慢することを知らない。ほしいとなったら、手に入れるまで騒ぐ。物でも女でも。

明石屋に奉公した茶酌女で政吉と関係のない者はいないのではないだろうか。政吉の最初の相手は、恐らくおせんだろうとお初は思っている。最初の亭主とうまくいかなくなった頃におせんの方から誘いを掛けたのだ。

(兄さんが女たらしになったのは、あんたのせいよ)

お初は言えない言葉を胸で呟いた。

二

向島に行った源蔵は夜の五つ（午後八時頃）過ぎに米沢町へ戻って来たが、ひどく機嫌が悪かった。おおかた源蔵の心配が当たっていたからだろう。新入りのお鉄《てつ》は水茶屋を渡り歩いて来た二十歳の女である。客と理《わり》ない仲になり、見世に居づらくなって辞めるのが方々《ほうぼう》の水茶屋を渡り歩いてきた理由らしい。明石屋の客に対しても最初からなれなれしい態度だった。源蔵がお鉄を引き受けたのは、源蔵が懇意にしている馬喰町《ばくろちょう》の口入《くちい》れ屋（周旋業）の主《あるじ》から、たってと頼まれたからだ。男にちょいとだらしがないが、根《ね》はいい子だからと。口入れ屋の佐平次《さへいじ》は源蔵とは幼なじみで、茶酌女の斡旋《あっせん》にも便宜を図って貰っていた。それで源蔵も強く断れなかったらしい。

「政の奴、わっちの目がないのをいいことに勝手をしやがって」

源蔵は苦々しい表情で言った。

「でも、売り上げはまずまずなんだろ？　それじゃ、少々のことには目を瞑《つぶ》らなきゃ」

お久は源蔵の土産の桜餅《もち》を頬張りながら、意に介するふうもない。晩飯を食べたというのに平気な顔で桜餅に手を伸ばす。お久は源蔵と対照的に肥えた身体をしていた。

「ところがそうはいかないの。政がお鉄ばかりを贔屓《ひいき》にするから、おはんが臍《へそ》を曲げてさあ、客に愛想も何もありゃしない」

「お父っつぁん。お鉄さんを広小路に戻したら？　あたしが向島に行くから」

お初は見かねて口を挟んだ。

「え？　本当かい。それなら助かるよ」

源蔵はほっとしたようにお初を見た。

「駄目ですよ。あっちの宿は他の見世の奴等も泊まっている。お初に夜這《よば》いを掛けたりしたら、それこそ目も当てられない。縁談にも差し障りがあるというものだ。なに、花見時はじきに終わる。お前さん、政のことは大目に見ておやりよ」

お久は母親らしく、ぴしゃりと言った。

「それもそうだが……」

源蔵は煮え切らない態度で、もごもご言う。

「このままじゃ、明石屋の茶酌女はどんどん質が悪くなる一方だ。おっ母さん、どうして兄さんにびしっと言えないの？　甘やかすにもほどがある」

お初は憤《いきどお》った声で言った。

「そう言うけど、お初。政吉は何度も死にかけているんだよ。ようやく人並の身体になったんじゃないか。今だって喘息《ぜんそく》持ちで、風邪でも引こうものなら大変なんだ」

「それとこれとは別でしょう?」

「わかったよ。政吉が戻ったら、お父っつぁんに、ちゃんと言って貰うから」

お久は白けた顔でお初の言葉を遮《さえぎ》った。源蔵は俯《うつむ》いたきり、何も喋《しゃべ》らなかった。馬鹿話は頼みもしないのにぺらぺら喋るくせに、肝腎《かんじん》なことには無口になる。こんな家にいたら、自分までおかしくなってしまいそうだった。

お初は二階の自分の部屋に引き上げた。寝る前に少しでも遅れを取り戻そうと、お初は裁縫道具を拡げた。階下からお久と源蔵の声が低く聞こえたが、話の内容までわからない。どうせ、自分のことを石頭だの、野暮天《やぼてん》だのと言っているのだろう。なぜ、自分の家の商売は水茶屋なのだろう。それがお初には恨めしい。お初はもっと地道な商売をしている家の子に生まれたかった。

今のお初には裁縫の師匠のおとくの言葉だけが信ずるに価するものだった。

「丁寧に、ちくちく縫うんだよ。いい加減にすると、いい加減なものになっちまう」

裁縫の師匠のおとくは口酸《くちす》っぱく弟子達に言う。最初に教えられたのは着物を縫う心構えではなく、意外にも厠《かわや》の用の足し方だった。

着物を端折《はしょ》って、しゃがんだ時、膝《ひざ》をくっつけろと言った。そうしたら、お小水があちこち飛び跳ねない。なるほど、その通りだった。お初は大いに感心して、お久におとくの言葉を伝えた。お久は苦笑した後で「あの人もお針のことだけ教えてりゃいいのに、妙なことを言う人だ」と、半ば呆れ顔をした。

お初は稽古の合間におとくの話を聞くのが好きだった。父親の馬鹿話より、よほどためになる。あたしは自分の家の商売には決して染まらない。お初は固く肝《きも》に銘じていた。

葉桜になった頃、政吉はようやく向島から戻って来た。忙しい時は昼飯を喰う暇もなかったと大袈裟《おおげさ》にお久に言った。

「ご苦労さんだったねえ。偉いよ、お前は。さすが明石屋の跡取りだ」

お久はこちらの背中が痒《かゆ》くなるような褒《ほ》め言葉を掛ける。

「兄さん。こっちに戻って来たんだから、あたしは手伝いしなくていいわね。お針のお稽古が遅れているのよ」

お初はさっそく政吉に言った。

「つれないことは言いっこなしだぜ。二、三日、骨休みさせてくれよう」

鼻に掛かった声で甘える。背恰好は源蔵に似ているが目鼻立ちはお久譲りだ。見ようによっては男前の部類に入るだろう。お初は両親よりも父方の祖母に似ていると言われる。祖母も水茶屋商売を嫌った女だった。

「お鉄さんと遊びに行く魂胆《こんたん》をしても駄目よ。他の人に示しがつかないじゃない」

お初は誰も小言を言わないので、ぴしゃりと釘を刺した。

「お初、どうしてそれを」

政吉は驚いた顔でお初を見た。

「兄さんの噂《うわさ》はこっちまで流れているのよ。見世の女に手を出すなんて最低よ」

「お初、何もそこまで……」

お久は慌てて制す。

「あたしはずっと小梅村で暮らしていて、ろくにおっ母さんに可愛がって貰った覚えもない。ところが兄さんはどう？　おっ母さんとお父っつぁんを独り占めして、ぬくぬくと甘えていたんじゃないの。あたし、こっちに来て、何が驚いたかって、兄さんのぐうたらぶりよ。そこまで甘やかされたのかと思うと、腹が立つより心底呆れた」

「手前《てめ》ェ！」

政吉は眼を剝いた。

「お初、もういいから。政吉はちゃんとわかったから」

お久は政吉を庇《かば》う。

「くそおもしろくもねェ。お前ェ《め》なんざ、一生、小梅村にいればよかったんだ」

政吉はやけになって吐き捨てた。

「ええ。できればそうしたかった。そうしたら、兄さんの悪いところも知らずに済んだもの」

口を返した途端、頬が鳴った。

「およし、政吉。何んてことをする」

さすがにお久は政吉を制した。政吉はお初を憎々しく睨《にら》むと、ぷいっと外へ出て行った。

悔しさと頬の痛みでお初の眼に涙が滲《にじ》んだ。

「あたし、この家にいたくない！」

お初は悲鳴のように叫んだ。

「お初、そんなこと言わないどくれ。皆んな、あたしが悪いんだから。ね、堪忍しておくれ」

お久も涙ながらにお初を宥《なだ》めた。

「おっ母さん。あたしより兄さんが可愛いんでしょう？　おっ母さんは一度も小梅村に来てくれなかった。あたし、おっ母さんの顔も忘れていたのよ」

「堪忍しておくれ。小梅村に行けば、帰る時に辛《つら》いから、わざと行かなかったんだよ」

「そんなの理屈よ」

「寂しかったんだねえ」

「ええ、寂しかった。だけど、戻って来て、小梅村の方がよほどましだと思った。今は見なくてもいいことを見せられるし、知らなくてもいいことも知らされる。気持ちが落ち着く暇もないのよ」

「もう、見世の手伝いをしなくていいよ」

お久はお初に哀れな眼を向けて言った。

お初は驚いて母親の顔を見た。

「だって、そんな訳には……」

「お針のお稽古に精を出したらいいよ。田舎から出て来たお前に水茶屋商売は無理なんだ。それは、ようくわかったから」

そう言ったお久は寂しそうだった。母親を困らせていることは感じたが、お初は素直な言葉が出なかった。

源蔵は寄合があると言って出かけていた。

お久は使った湯呑を台所に片づけると「もうお休み」と言った。

「ええ」

「お父っつぁんに半纏を拵えてくれるんだろ？」

「ええ」

「きっと喜ぶよ」

「………」

お久は源蔵が帰るまで起きているのだろう。女中のお春《はる》はとっくに女中部屋に引き上げていた。

「お休みなさい」

お初は低い声で言った。

「ああ、お休み」

つかの間、笑顔になったお久だったが、お初が茶の間を出て、二階の梯子段《はしご》を上ろうとした時、啜《すす》り泣きの声が聞こえた。お初は梯子段の前で、しばらくじっとしていた。政吉が親不孝な息子なら、自分も母親に優しい言葉も掛けられない親不孝な娘だと思った。この先、自分はどうしたらよいのか、途方に暮れる思いだった。

三

裁縫の師匠の家は米沢町の薬種屋《やくしゅや》の隣りにある。そのせいで、時々、薬を煎《せん》じるような匂いが流れてくる。おとくはその匂いが好きだと言った。

おとくの家は「裁縫指南所」と、土間口の前に看板が下がっていた。午前中は四つ（十時頃）までにおとくの家に行き、昼まで稽古し、お昼の弁当を食べ、午後は八つ（二時頃）まで稽古を続ける。稽古が終われば掃除をして、挨拶《あいさつ》をして帰るのだ。

しばらく休んでいたけれど、おとくはお初が家の手伝いをしていたことは知っていたから、手順を忘れて、もう一度訊《き》いても悪い顔はしなかった。

「おっ師匠《しょ》さんはお初ちゃんに甘いよ。あたしには同じことを二度も訊くなと叱るんだよ」

おしょうは不服そうに言った。太り肉《じし》で、針を動かす手もふっくらしている。あかぎれがようやく癒《い》えたと言っていた。おしょうは、普段は病弱な母親に代わって台所仕事をしていた。家には父親の弟子が寄宿しているので食事の仕度も大変らしい。裁縫の稽古をしている時だけが気休めになるという。

「おしょうちゃんは毎日通っているせいだよ。あたしはずい分、休んじまったから、おっ師匠さんも仕方がないと思ってくれたんだよ」

「お初ちゃんのおっ母さん、おっ師匠さんにつけ届けしてるから、そのせいもあるのかも知れない」

おしょうはひがみっぽい言い方をした。お初は返事をせずに手を動かした。半纏には薄く綿を入れる。これから夏に向かうというのにお初の仕事は冬仕度のようなものだ。半纏が終わったら袷だ。

「お初ちゃんは一々、反物を買って貰えるから羨《うらや》ましいよ。あたしはおっ母さんから紺の木綿の反物を一つ買って貰ったきりだ。縫ってほどいて、また縫って。いい加減、おっ師匠さんも呆れているわな」

「羽織も？」

「ああ、そうさ。もう、切り刻《きざ》んで、これ以上、どうしようもない」

「でも、所詮《しょせん》、お稽古だから。その内に腕が上がったら内職ができるじゃないの」

お初は慰めるように言った。

「実はね、もうしてるの。舟宿のお内儀《かみ》さんから、お客さんの浴衣を頼まれてさ、三枚も縫ったんだよ」

「へえ、すごいねえ」

「せめて自分の浴衣ぐらい何んとかしたいと思ってね、こっそり内職しているのさ」

「がんばってね」

「うん」

「そこ、口を動かすより、手を動かす」

おとくの叱責が飛んだ。二人はそっと首を縮《ちぢ》めた。

その日の稽古が終わると、お初はおとくに引き止められた。おしょうと一緒に帰るつもりだったが、先に帰って貰った。おしょうは、何んの話があるのだろうと探るような表情をしていた。

「お家のご商売が忙しそうで結構ですよ」

おとくは豆大福と茶を振る舞って言った。

「ありがとうございます」

「ところで、他でもないが、お初ちゃんもお年頃だから、そろそろ縁談もあろうかと思ってね」

「いいえ。あたしはまだ……」

「そうかい。実はあたしの知り合いで本所の青物屋の息子がいるんだよ。今年、二十五になる。商売熱心で、なかなかいい若者だ。親御さんから嫁にするような娘がいないかと訊かれてね、あたし、お初ちゃんのことを思い出したのさ」

「おっ師匠さん。あたしはまだ、お嫁に行く気はありません」

「まだ十七だから？」

「ええ」

「来年は十八で、再来年は十九だ。十九になったら、途端に縁談は少なくなるよ。今の内に段取りをつけておくのが利口なやり方だ」

「おっ師匠さんのお気持ちはありがたいと思います。でも、今は無理です。兄さんが落ち着かないので、あたしは呑気《のんき》にお嫁入りなんてできないんです」

「知ってるよ。でもさあ、お初ちゃんは女だから、いずれ家を出なきゃならない。政吉さんのことは源蔵さんとお久さんに任せることだ。本当は仲人を立てて、直截《ちよくせつ》申し込むつもりだったが、あたしはお初ちゃんの性格を考えて、その前に耳に入れておこうと思ったのさ」

「あたしの性格をおっ師匠さんはどう考えているんですか」

お初は気になって訊いた。おとくは稽古中には決して見せない悪戯っぽい表情になり「そうね。根は真面目だけど、とことんの意地っ張り。いやとなったら、誰が何んと言おうといや」と、応えた。

図星だった。お初は何も言えずに俯いた。

「だからね、今のお初ちゃんはお嫁入りのことなんてちっとも考えちゃいないから、頭から断りそうな気がしたのよ」

「すみません……」

「謝ることはないよ。気に入らないのなら、もちろん断って構わないよ。だが、ろくに相手のことも見ようとしないで木で鼻を括《くく》った態度をするのは感心しない。それはわかるだろう?」

「ええ」

「人には添うて見よ、馬には乗って見よという諺《ことわざ》もあることだし、まずは一度会って話をしてごらんな」

「………」

「おやおや、だんまりかい? まあ急ぐ話じゃないから、ゆっくり考えるといいよ」

「はい」

お初は低い声で応えた。挨拶しておとくの家を出ると、おしょうが道端に立ってお初を待っていた。

「先に帰っていいと言ったでしょう」

お初は煩《わずら》わしい気持ちで言った。

「おっ師匠さん、何んだって？」

おしょうは小さな細い眼に興味深そうな色を湛《たた》えて訊く。

「別に」

「意地悪。教えてくれたっていいじゃない」

「縁談よ」

「縁談？　お初ちゃん、お嫁に行くの？」

「まだ話だけよ」

「そう……」

おしょうは何やら寂しそうだった。

「どうしたの」

「お初ちゃんはいいやね。皆んなが先々のことを心配してくれるから。それに比べてあたしは縁談のえの字もないよ」

「その内に来るよ」

「ふん、どうせおもしろおかしくもない男なんだ。顎《あご》で扱《こ》き使われて、辛抱させられて、ああ、いやだいやだ」

おしょうは大袈裟なため息をついた。

お初の家の前まで来ると、おしょうは「お初ちゃん、今日は湯屋へ行くかえ」と訊いた。

「ごめん、今日はよす」

「そうかえ。なら、あたし一人で行こう」

おしょうは少しがっかりして自分の家に戻って行った。

悪い娘ではないけれど、どこかおしょうのやることは癇《かん》に障る。友達づき合いするのも億劫《おっくう》な気がする。だけどおしょうに面と向かって言えない。お初にはそれも悩みの種だった。

お初はおとくに言われた話を両親にはしなかった。話せば、いい機会だからお嫁に行きな、と簡単にあしらわれそうだ。政吉が女房を迎え、明石屋の今後に不安がなくなったら考えてもいいと思う。だが、今は駄目だ。水茶屋商売が嫌いと言っても、見世が傾くとなったら別だ。政吉のていたらくでは大いにその恐れがある。ここは自分が悪者になってもいいから、政吉には小言を言い続けようとお初は心に決めていた。

四

おとくはあれ以来、縁談のことには触れなかった。お初がおっ師匠さん、お願いしますと言うのを待っているのかも知れない。お初は裁縫の稽古をしていても気詰まりだった。

端午《たんご》の節句を迎え、江戸が夏めいてきた頃、お初はようやく源蔵の半纏を仕上げた。

「ありがとよ。だけどさあ、お前も間《ま》が悪い娘だよ。これから夏になるってのに」

源蔵は礼を言いつつ、お初が思っていた通りの言葉を返した。

「仕方がないのよ。縫う物は順番が決められているから。お父っつぁん、浴衣は季節柄、いいんじゃない？」

お初は張り切って言う。男物の浴衣は源蔵の寸法にして縫ったのだ。

「そ、あれはいいできだった。佐平次の奴、羨ましがる羨ましがる。あいつの家、倅《せがれ》ばかりで娘がいないからね。嫁はいるけど、この節の嫁は舅《しゅうと》に浴衣を縫ってくれるような殊勝《しゅしょう》なのはいないよ」

源蔵の言葉はお初を嬉《うれ》しがらせた。

「丈《たけ》が短いって言ってたくせに」

お久は小意地悪く口を挟んだ。

「え、本当？　寸法通り縫ったのに」

「気にしない、気にしない。わっち、あれから少し背が伸びたのかも」

「ばかばかしい」

お久は苦笑した。

「あ、お初。実はねえ、お鉄が明日、どうしても用事があって見世を休むんだって。だからさあ……」

源蔵は言い難《にく》そうにお初の顔色を窺《うかが》う。お初はそっとお久を見た。お久は何も応えず、そ知らぬふりで茶を飲んでいる。見世の手伝いをしなくていいと言ったことなど、とうに忘れているような顔だった。

「わかった。手伝うよ。その代わり、稽古で使う反物を買ってね」

お初は抜け目なく言った。源蔵は、ほい来たという感じで応える。

「買ってやるよう。綸子《りんず》だろうが緞子《どんす》だろうが」

傍でお久がまた笑った。

「お鉄さん、今日は休むんですって？」

翌朝、お初が広小路の見世に行くと、おせんは咎めるような表情で訊いた。

「ええ。だからあたしが手伝いに来たのよ」

お初は見世の前に出している茶棚の上の湯呑を布巾《ふ》で拭きながら応えた。縦長《たてなが》の茶棚には鉄製の茶釜《ちゃがま》が置いてあり、傍に急須と湯呑を並べている。炭を熾《おこ》した茶釜は蓋《ふた》を開ければ、すでに湯がたぎっていた。風が暖かくなったので、茶釜の傍に立っているると汗が滲んだ。

「どうせ、若旦那とどこかに行ったんだろう」

おせんは悔しそうに言った。

「おせんさん、放っておき」

「お初ちゃん、平気なの？」

おせんは驚いた顔で訊く。

「平気じゃないけど、あれは兄さんのくせじゃないの。仕方がないよ。落ち着くまで待つしかないのさ。早く身を固めてくれたらいいんだけど」

「若旦那におかみさんなんて来るかしら」

「そりゃ、世の中だもの、女たらしの兄さんでもいいと言う女の人はいるでしょうよ」

「………」

おせんは何事か思案している様子で黙った。

遠くを眺めると家々の甍《いらか》の上に鯉幟《こいのぼり》が翻《ひるがえ》っているのが見えた。まだ朝のせいで人出はそれほどでもない。

天秤棒《てんびんぼう》を担《かつ》いだ触れ売りがゆっくりと広小路を横切って行く。その触れ売りの陰から、大根の束を抱えた体格のよい若者がぬっと姿を現した。

藍染めの印《しるし》半纏に、捻《ねじ》り鉢巻《はちまき》、半だこに草鞋《わらじ》履《ば》きという恰好だ。半だこはきまたとも言う。白の短い下穿《したば》きだ。夏の時分、職人は半纏に白い半だこ姿をしていることが多い。

「あいつ、また来た」

おせんは独り言のように呟いた。お初と同い年のおはんも中から首を伸ばして、「あ、本当だ」と言った。

「誰？」

怪訝《けげん》な顔でお初は二人に訊いた。

「知らないけど、お初ちゃんのことを何度も訊いていたのよ。青物屋さんらしいけど。ほら、お初ちゃん、小梅村にいたから、ご近所の知り合いじゃないの」

おはんは若者の素性に当たりをつける。お初は不意におとくの話を思い出していた。お初の縁談の相手の青物屋の息子だ。そう思うと、途端に居心地が悪くなった。そっと見世の奥に移動した。

「おィ、お早うさん」

若者は気軽な口を利いて床几に腰を下ろし、傍に大根の束を置いた。

「今日は天気がよさそうだな」

見世の中を振り返って笑顔になった。だが、そこにお初の姿を認めると唐突に笑みを消し、「ちょ、ちょい。お前ェさん、お初さんかい」と、訊いた。

お初は仕方なく、こくりと肯《うなず》いた。

「こっちに来てくんねェ。おとく小母《おば》さんから色々聞いているだろ」

「ええ……」

「おいら、おとく小母さんにお前ェさんのことを聞いてよう、もう気になって気になって」

「…………」

こんな時、源蔵がいたら助かるのに、源蔵は炭屋に炭を注文してくると出かけたきり、まだ戻っていなかった。

「さ、ここに座りな」

緋毛氈《ひもうせん》を敷いた床几を掌《て》で叩いて催促した。

お初はそっとおせんとおはんの顔を見た。

二人はどうやら事情を察したらしい。おせんは若者の横に黙って漉し茶の湯呑を置いた。

若者はカクンと顎をしゃくった。

「で、どうなのよ」

若者は漉し茶をひと口啜《すす》ると、陽《ひ》に灼《や》けた顔をほころばした。半だこからはみ出ている足には堅い筋肉が張りついていた。背も結構高い男だ。

「どうなのよって言われても……」

「おとく小母さんはおいらにぴったりだと言ったぜ」

「…………」

「照れなくてもいいって」

「別に照れてなんていません。ただ、きまりが悪いだけ」

「勘弁してくれ、おいら、根がせっかちでよう」

ゆっくりと顔を上げると、愛嬌のあるふた皮眼《かわめ》が笑っていた。

「本所の青物屋さんでしたね」

「ああ。二《ふた》ツ目《め》に店があらァ。何ね、お前ェさんの事情を聞くとよ、おいらによく似ていたから、とても他人とは思えなくてね」

「あたしの事情？」

「おうよ。お前ェさん、子供の時に里親に預けられていたというじゃねェか」

「ええ。年子の兄さんがいるのだけど、兄さんは子供の頃、身体が弱かったんで、おっ母さんは兄さんの世話に掛かりっきりだった。それで小梅村に預けられていたの」

「おいらはよう、妹が、胸が悪かったんで、おいらにうつるのを心配した親が押上村《おしあげ》の親戚に預けたんだ」

「そうなんですか」

「妹は十二の時、死んじまったけどな」

「………」

大川から吹く風が心地よくお初の頬を嬲《なぶ》った。どこかでカッコウ、カッコウと鳴く鳥の声が聞こえた。

「気の早ェ。もう呼《よ》ぶ子鳥《こどり》（郭公《かっこう》）の鳴き声がすらァ」

鳥の鳴き声に気づくと若者はそう言った。

「おうよ。閑古鳥《かんこどり》とも言うぜ。そんなこと言ったら、ちょいとこの見世にゃ語弊《ごへい》があるがな。小梅村で聞いたことはねェかい」

「さあ、ひよどりや鶫《つぐみ》は多かったけど、呼ぶ子鳥は、はっきり覚えていない」

「その呼ぶ子鳥だが、まるでおいら達の親のようだぜ」

おいら達とひと括りにしたことが気になった。だが、お初は「どうしてですか」と若者に訊いた。名前を明かされていないので、何んと呼び掛けていいかわからない。

「呼ぶ子鳥は手前ェで巣を作らねェで、ほおじろや百舌《もず》の巣に卵を産むのよ。ほおじろや百舌の親はそれと知らずに卵を孵《かえ》して、雛《ひな》を育てるのよ」

「それと知らずに……」

「おうよ。ほおじろや百舌も馬鹿な鳥だ」

「鳥でもないくせに」

皮肉な口調になった。捨蔵とお留はちゃんと納得してお初を育ててくれた。馬鹿にたとえるのは酷《こく》だ。若者は驚いてお初を見た。

「お、おいら、何んか変なことを言ったか？」

恐る恐る訊く。

「ごめんなさい。生意気を言って。でもね、ほおじろや百舌は自分達の卵じゃないと思っても、突っついて殺すこともできないから仕方なく育てたんじゃないかと思って」

「なある。それも言えてる」

若者は感心したように言った。

「でも、呼ぶ子鳥の親の方は当たっているかも知れない」

お初は相手を傷つけないように言い添えた。

「呼ぶ子鳥がどうしたって？」

源蔵がいつの間にか戻って来て、口を挟んだ。

「あ、お父っつぁん」

お初がそう言うと、若者は慌てて立ち上がり、鉢巻を毟《むし》り取って頭を下げた。

「お前ェさんは？」

源蔵は怪しむような目つきで訊いた。

「へい。本所の二ツ目にある八百清《やおせい》の倅《せがれ》で栄蔵《えいぞう》と申しやす」

若者は栄蔵という名だった。お初はその名を胸で反芻《はんすう》した。

「八百膳《やおぜん》じゃないのね。ああ、びっくりした」

源蔵は早くも軽口を叩く。八百膳は江戸で指折りの料理茶屋のことだった。

「八百膳の倅だったら、こんな恰好はしていねェでしょう」

栄蔵は皮肉な言い方をした。

「それもそうだけど。で、その八百清の息子さんがうちのお初に何か？」

「聞いてねェですか。米沢町のおとく小母さんから縁談を勧められたんですよ」

「うちのお初と？」

「へい」

栄蔵が応えると、源蔵はお初と栄蔵の顔を交互に眺め、いきなり噴《ふ》き出すように笑った。

「お父っつぁん！」

お初は慌てて源蔵を制した。

「ごめんよ、笑ったりして。だけどさあ、こんな頑固者で意地っ張りの娘を嫁にしたいだなんて、あんたも相当にもの好きな男だよ」

源蔵は笑いの粒《つぶ》を喉《のど》の奥に忍ばせて言う。

「お父っつぁん。栄蔵さんは子供の頃、あたしと同じように家から離れて押上村で育ったんですって」

お初がそう言うと、源蔵は、ふっと笑みを消した。さっきとは打って変わり苦々しい表情だ。

「ま、縁談なら仲人を通して貰いましょうか。話はそれからですよ」

源蔵は世間並のことを言ったが、お初には栄蔵を拒絶するような感じに聞こえた。

「へい、それは重々承知しておりやす。ですが、おとく小母さんがその前に顔を見てこいと言ったもんですから」

「へえ、どうしてだい」

「そのう……お初さんが、今は嫁入りする気持ちなんてさらさらねェから、縁談と聞いただけで首を横に振ると言いやしたんで」

「それでもお前さんは、うちのお初がいいと？」

栄蔵は返答に窮《きゅう》して頭を掻《か》いた。

「お父っつぁん。まだそこまで話が進んでいないの。栄蔵さんはほんの顔見せのつもりでいらしたんだから」

お初は口を挟んだ。

「なるほどねえ」

源蔵は応えながら値踏みするような眼で栄蔵を見る。

「旦那。こいつはうちの店の大根です。手土産にしては愛想なしだが、どうぞ喰っておくんなせェ」

栄蔵は居心地の悪さを取り繕うように大根の束を差し出した。

「そいつはありがとよ」

「近い内に仲人を立てて、正式に話をさせていただきやす。そいじゃ、ごめんなすって」

栄蔵はぺこりと頭を下げると、懐から紙入れを取り出した。

「なあに? 茶代を置くってかい。今日のお前さんは客じゃないから、それはいいってこと」

源蔵は鷹揚《おうよう》に言った。

「ありがとうごぜェやす」

栄蔵はもう一度頭を下げると、足早に去って行った。

「驚いたねえ。今日は何んて日だ。おせん、三りんぼうかい」

源蔵は栄蔵の姿が小さくなると、ぽつりと言った。

「旦那さんたら……でも、いい人そう。お初ちゃんにぴったり」

おせんはしみじみとした口調で言う。

「青物屋なのにいなせな感じ。お初ちゃんが断るなら、あたしが代わりに引き受けようかな」

おはんも調子を合わせる。

「あたし、何んだかよくわからない。お父っつぁん、どうしよう」

「どうしようたって、わっちだってどうしたらいいかわかんないよ。お久に相談してさ、よかったら話を進めることにするかい？」

「でもあたし、兄さんが心配だから当分、お嫁に行く気持ちはないんだけど」

「お初がいなくなったら、うちの見世も困るし、どうしたらいいんだろうねえ」

源蔵も困惑した表情だ。

「旦那さん、ご縁があれば、なるようになりますよ。お初ちゃん、ようく考えて自分で決めることですよ。あたしみたいにならないでね」

おせんはそう言った。

「おせんさん……」

「まあ、今日のおせんのしおらしいこと。青物屋が来て、塩を振ったら、しおらしい。お初、お前、塩かい」

ばかばかしい源蔵の言葉に、お初は返事をしなかった。

五

栄蔵の呼ぶ子鳥の話はお初の心に残った。

親戚の家に預けられている間、栄蔵はお初と同じように寂しさを感じていたのだ。だけど病の妹のことを考えたら我儘は言えない。

栄蔵はじっと耐えたのだ。妹は十二歳で死んだという。その時、栄蔵は幾つだったのだろう。栄蔵の両親は実家に戻った栄蔵を妹の分まで可愛がっただろうか。そうではあるまいとお初は思う。両親は娘の死の悲しみに打ちひしがれ、笑顔で栄蔵を迎える余裕もなかったのではないか。

そうでなければ、自分の両親を呼ぶ子鳥にたとえるはずがない。じっと見た訳ではないが、吸い込まれそうな眼をしていた。

あの眼が何を見て、何を感じたか、お初には察しがつけられるような気がした。

そこへお初の話が持ち込まれた。栄蔵は自分と同じ境遇の娘なら気持ちが通じ合えると思ったのかも知れない。

だが、その夜、源蔵がお久に栄蔵の話をすると、お久は渋い表情をした。

「おとくさんも何んだってまた、八百清の息子をお初に勧めたのかねえ。あそこは、青物屋としては地道に商売しているが、代々、手の掛かる病人が出る家なんだ。あたしは政吉だけで、そんな話はたくさんだよ。お初は達者な家の息子に嫁がせたいよ」

健康を第一に考えるお久らしい意見だった。

「あの息子は丈夫そうだったぜ」

源蔵は栄蔵を庇うように言う。

「わかるもんか。祖父《じい》さんは中風《ちゅうぶう》で早死にしている。父親も四十二の厄年でお陀仏《だぶつ》だ。妹だって死んでるんだろ？　あの息子も四十そこそこで倒れてごらんな。お先真っ暗だ。そんな縁談、あたしはまっぴらだ」

お久は吐き捨てるように言った。

「おっ母さんがそう言うならよす。でも、断りはおっ母さんがして。あたしはいや」

お初は低い声で言った。

「な、何もすぐに断ることはない。少し様子を見よう」

源蔵はその場を取り繕うように言った。

政吉は夜の五つ過ぎに少し酔って帰って来た。酒に弱い男なので、帰って来てから具合を悪くして吐いた。お久は政吉の背を摩《さす》りながら「いいかい、お初。お前にこんな苦労はさせたくないんだよ」と、言った。

「こんな苦労って何んだよ。ちょいと酒に酔ったぐらいで」

政吉は苦しさに喘《あえ》ぎながら言った。

「本所の八百清の息子がお初を貰いに来たのさ」

お久は白けた表情で応えた。政吉は手の甲で口許を拭うとお久の手を払いのけ、お初に向き直った。

「栄蔵か？」

「兄さん、知っているの？」

お初は驚いて政吉をじっと見た。

「ああ。十七、八の頃は三日にあげず喧嘩《けんか》ばかりしていた奴だ。餓鬼《がき》の頃に親戚の家に預けられていたんで、すっかり根性がひん曲がってしまったらしい。お初を嫁にして、お互いの傷を舐《な》め合うって寸法けェ。つまんねェ話だ」

「傷を舐め合うだなんて、それ、ちょっとひどい言い方ね。あたしにも傷があるってことじゃない。その傷、誰につけられたのかしら」

お初は政吉に凄《すご》んだ。「よしな」と、源蔵が低くお初を制した。

「なら、お前ェはあいつと一緒になりてェのか」

政吉は憎々し気に訊く。

「そんなこと、今言っていないじゃないの。縁談が持ち込まれただけよ。あたしは兄さんがしっかりするまでお嫁に行きません。あたしが目障りで早く出て行って貰いたかったら、その前に兄さんがちゃんとしてよ。見世の女の子と飲み歩いている場合じゃないのよ。それとも、お鉄さんと一緒になる？」

「おきゃあがれ！」

「お初、兄さんに何んて口を利くんだ。それでも妹かえ」

お久はたまらず口を挟んだ。お初はため息をつくと「あたし、もう寝る。兄さん、明日は仕事してね」と、腰を上げた。

「ゆっくりお休み」

源蔵だけがお初に声を掛けた。

「お休みなさい」

お初は情けない表情の源蔵に言葉を返した。

だが、蒲団《ふとん》に入っても、お初はなかなか眠られなかった。栄蔵の表情が頭の中でくるくる回った。もしかして好きになるかも知れない。そんな自分の気持ちをお初は恐れる。身も世もなく栄蔵にのめり込む前に、いっそさっぱり断ったら、悩みの種もなくなるのではないかとも思う。のめり込んだら、たとい、栄蔵の家が早死にの家系だろうがお初は頓着《とんちゃく》しないだろう。

(もう三年……)

小梅村から戻って来てからの日々をお初は再び思った。すると、栄蔵が暮らした押上村という土地にも思いが行く。住んでいたのは茅葺きの家か、水遊びをするような堀があったのか。田圃《たんぼ》の緑に染まった田園風景がお初の脳裏をよぎった。

何度も寝返りを打った末、お初はようやく眠りに引き込まれた。お初はその夜、小梅村の夢を見た。懐かしい捨蔵とお留が囲炉裏《いろり》の傍で背を丸めて座っていた。お初が声を掛けると、二人は笑顔を向けた。満ち足りたような笑顔はお初の心を和《なご》ませる。だが、次の瞬間、二人の姿は消え、見知らぬ家族がお初を怪訝な眼で見た。

「ここは、あたしの家よ。出てって!」

お初は悲鳴のように叫んだ。その声で眼が覚めた。お初は蒲団の上で半身を起こし、そっと胸に掌を押し当てた。動悸《どうき》が激しかった。

捨蔵とお留はもういないのだ。とすれば、あの家に他の家族が住んでいたところで不思議はない。だが、それは、ひどく理不尽に思えて仕方がなかった。自分が米沢町に戻ったために、あの家が他人に渡った気がした。

お初は蒲団から出て、窓へ行き、雨戸を開けた。外はまだ仄暗《ほのぐら》かったが、夜明けを迎えるところだった。冷たい空気が部屋に流れ込む。鶏の鳴き声も聞こえた。栄蔵はもはや青物市場の競《せ》りに出ているだろうかと、お初はふと思った。

それからしばらく経《た》ったが、栄蔵の家から仲人が訪れる様子はなかった。気にはなったが、お初はまさか両親に確かめる訳にもゆかず、一人、気を揉《も》んでいた。

栄蔵のことは、おとくの口から知らされた。

栄蔵の母親が病に臥《ふ》せっているということだった。栄蔵は看病で、仲人を頼むどころではなかったのだろう。

「おっ師匠さん。八百清さんは病人が出る家だそうですね。うちのおっ母さん、兄さんのことがあるから、ひどく気にしているんですよ」

お初はおずおずと言った。おとくは、はっとした顔になった。

「それはそうなんだけど、栄蔵さんは大丈夫だと思うよ。風邪もろくに引かない男だよ」

「この間、見世の手伝いをしていたら、栄蔵さんがいらしたんですよ」

「じゃあ、顔を見たんだね。それでどう思った？」

おとくはぐっと身を乗り出した。

「いい人だと思いました」

「そうだろう」

おとくは大きく息をついて笑った。

「でも、おっ師匠さん。縁談って当人同士がよければ他は構わないってことじゃありませんよね。お互いの家族の事情もあるし」

「そりゃそうだよ」

「あたしは兄さんが落ち着くまで、やはり無理だと思います。それに栄蔵さんだって、おっ母さんのことがあるし」

「断るのかえ」

「その方がいいのじゃないかと……」

「そうかえ」

「おっ師匠さん、すみません」

お初は頭を下げて謝った。

「向こうにはうまく言うよ。だからお初ちゃんは気にしないで」

おとくはそう言ったが、ひどくがっかりした様子だった。

おとくの家を出ると、おしょうは待っていなかった。ほっと安心した。おしょうに根掘り葉掘り訊かれるのは、今は辛かった。自分から縁談を断ったくせに、お初は言いようのない寂しさを感じた。何かとんでもない間違いを犯したような気がした。

お初は自然に俯きがちになって歩いていた。

「おィ」

曲がり角で、お初は突然、声を掛けられた。

顔を上げると、目の前に栄蔵が立っていた。

手には青物の束を抱えている。お初は固唾《かたず》を呑んで、栄蔵を見た。信じられない気がした。

「考え事をしながら歩くのは危ねェよ。人にぶつかったり、溝《どぶ》に落ちたりすらァ」

「あたし……」

「ああ、堪忍してくんな。お袋が具合を悪くして仲人さんに頼むのが遅れてしまったのよ」

「それはいいの」

「そ、そうかい。おっつけ、行くはずだから、もうちっと待ってくんねェ」

「栄蔵さん、そうじゃないの。あたし、今はお嫁に行けません」

栄蔵は驚いた顔でお初を見た。

「どうして」

栄蔵はしばらくして、ようやく訊いた。

「うちは兄さんのことがあるし、栄蔵さんだっておっ母さんの看病がある。それどころじゃないでしょう？　ごめんなさい」

お初は頭を下げた。

「ま、待ってくれ。おいらが気に入らねェのなら、はっきり言ってくれ。お前ェの兄貴だの、おいらのお袋だのと理屈をつけねェでくんな。おいら、嘘は嫌《きれ》ェだ」

「嘘なんて言ってない。本当にそうなんだもの」

お初はむきになって言う。

「そいじゃ、お前ェの兄貴が落ち着いたら承知してくれるのけェ？」

そう訊いた栄蔵に、お初は肯くしかなかった。

「そうけェ。それで安心した。待つぜ」

「え？」

「お前ェがうんと言うまで待つって言ってるんだ」

「本当？」

「ああ。お前ェはまだ十七で、おいらは二十五だ。一年や二年、待ったところで構うことはねェ」

栄蔵の言葉が舞い上がりたいほど嬉しかった。

「おとく小母さんに繋《つな》ぎを頼むから、用事がある時は遠慮なくおとく小母さんに言ってくれ」

「ええ」

「おとく小母さんと一緒に、おいらの家に遊びに来てもいいぜ」

「まだわからない」

「わからないか……そうだ、これ、持って行きな」

栄蔵は青物の束を押しつけようとした。

「いえ、いい。栄蔵さんに貰ったってばれるから」

「何んだか、こっそり逢引してる気分だぜ。ま、それも乙《おつ》だが。じゃ、これはおとく小母さんにやるとするか」

「そうして。それじゃ、また」

「ああ。またな。おいらのこと忘れるんじゃねェよ」

「ええ」

笑った栄蔵の顔が眩《まぶ》しかった。先のことはわからなかったが、その日のお初は滅法《めっぽう》界《かい》もなく倖せな気持ちだった。

晩飯の後で、お初は近所の湯屋に行った。「弁天湯《べんてんゆ》」はお初の家と一町も離れていない。途中、縄暖簾の店が軒を連ねている。その店の一軒に「おそめ」という名の居酒屋がある。

そこは源蔵のなじみの店だった。お初が小桶《こおけ》を抱えておそめの前を通った時、源蔵は口入れ屋の佐平次となかよく酒を酌み交わしていた。いつもの軽口を源蔵は盛んに叩き、笑い声が外まで聞こえた。季節柄、店の戸は開け放してあった。

お初が湯に入って戻る時、二人はまだ、おそめにいた。ところがどうしたことか、今度は二人とも手拭いを眼に押し当てて泣いていた。お初は心配するより、先ほどと今の変化がおかしくて笑いが込み上げた。

笑い出したらお初は止まらない。仕舞いには腹を摩《さす》るほどだった。家に戻っても思い出しては笑い声を上げた。

「何んだねえ、若い娘が大口開けて笑ってさ。その笑い方、お父っつぁんとそっくりだよ」

お久は渋い顔でお初を詰《なじ》った。

忍《しの》び音《ね》

一

両国広小路に夏めいた陽射《ひざ》しが降り注いでいた。陽射しの照り返しで辺りの景色が白っぽく見える。だが、本当の夏は鬱陶《うっとう》しい梅雨《つゆ》を越してからだ。

水茶屋「明石屋《あかしや》」の前には二重の人垣ができていた。大道芸の居合《いあい》抜きが始まった様子である。

「父祖《ふそ》伝来の名刀、五郎入道正宗《ごろうにゅうどうまさむね》をとくとごらんあれ。これこのように、一枚の紙が二枚、二枚が四枚、四枚が八枚と、またたく間《ま》に寸断されまする。そこのご隠居、指折り数えていかが致した。それがしが数でも間違えているとお思いか。ご安心なされ。それがし、幼少のみぎりは頭のよいと評判の子供でござった。暗算は得意中の得意でござる。八枚の次は十六枚、十六枚の次は何枚になりますかな。ご隠居、指折り数えても間に合いませぬぞ。何んと三十二枚でござる」

人垣から思わぬ拍手が起きた。

「ご声援、ありがとう存じまする。しかし、それがし、ここで算勘《さんかん》の技《わざ》を披露《ひろう》しているのではござらぬ」

居合抜きの男は芸の合間に冗談を飛ばして見物人を笑わせる。男はよく響く声の持ち主だった。声は二枚目だが、肝腎《かんじん》のお面はどうだろう。葦簀《よしず》張《ば》りの見世《みせ》の中からお初《はつ》は爪先《つまさき》立ちして人垣の中を覗《のぞ》くが、白い襷《たすき》を掛けた黒紋付の着物と股立《ももだ》ちを取った仙台平《せんだいひら》の袴《はかま》がちらちらと見え隠れするだけだった。男は細かくした紙片を景気よく振り撒《ま》いた。紙吹雪は、お初には雪のように思えた。

大道芸人は、身分的には町人で、町方奉行所の支配下にある。彼等は乞胸仁太夫《ごうむねじんだゆう》を通じ、非人頭《ひにんがしら》・車善七《くるまぜんしち》の下に属していた。綾取《あやと》り、猿若《さるわか》、江戸万歳《まんざい》、操《あやつ》り、謡《うたい》、浄瑠璃《じょうるり》、声色《こわいろ》、阿呆陀羅経《あほだらきょう》、居合抜き、曲独楽《きょくごま》など、様々な大道芸人がいる。両国広小路は江戸でも特に繁華な場所なので、毎日のように大道芸人が広場のあちこちで芸を披露していた。

「よろしいかな。これはほんの小手《こて》調べでござる。これからが本番ですぞ。人斬《ひとき》り包丁を振り回しますので、お怪我《けが》のないように、もそっと後ろへ退《の》いて下され」

男の言葉に、人垣は一歩、後退した。

ばさりと藁《わら》を断ち切るような音がした。男は丸めた莚《むしろ》を胴払いしたようだ。疎《まば》らな拍手が起きたが、祝儀《しゅうぎ》を弾《はず》む見物人はまだいない。

居合抜きは次第に高度な技となってゆく。

台の上に置いた猪口《ちょこ》を真っ二つにしたり、酒の徳利を放り上げ、地面にそれが落ちる刹那《せつな》、目にも留まらぬ速さで真っ二つにしたりする。その時のお初には放り上げた徳利が見えただけだ。さすがにそこまでいくと鐚銭《びたせん》を放る奇特な見物人が何人か現れる。

「かたじけのうござる」

男は殊勝《しゅしょう》に礼を述べて鐚銭を拾い集める。

一日、どれほどの上がりがあるものか、お初には見当もつかない。

「五郎入道正宗の威力、とくとごらんあれ」

男はさらに声を張り上げた。

「正宗だって？　冗談じゃないよ。もしも本物の正宗だったら、大道芸人なんざしなくても十年は遊んで暮らせるというものだ」

見世の床几《しょうぎ》に座っていた源蔵《げんぞう》が皮肉な調子で吐き捨てた。お初は父親を振り返って「お父っつぁん。正宗ってそんなに高い刀なの」と訊《き》いた。源蔵は細縞《ほそじま》の袷《あわせ》の上に明石屋の屋号の入った印半纏《しるしばんてん》を羽織っている。左膝《ひざ》の上に右足をのせ、突っ掛けた雪駄《せった》をぶらぶら揺らしていた。

「本物の正宗だったら二百五十両は下らないよ」

「どうしてそんなに高いのかしら」

「どうしてって……」

源蔵はつかの間、言葉に窮《きゅう》した。お初は時々、源蔵をとまどわせる問い掛けをするらしい。口に憚《はばか》られるようなことでも平気で訊くので、母親のお久《ひさ》は、お初の前でつまらない話をするなと源蔵に釘を刺していた。お初自身は、突飛なことを訊いたつもりはないのだが。

源蔵は空咳《からせき》をしてから、おもむろに口を開いた。

「評判の刀ってのは戦《いくさ》が盛んに起きた時代に作られているんだよ。お前から見たら大昔の時代さ。刀って腐らないだろう？　代々、家宝として子孫に譲っているんだよ。だから骨董《こっとう》の価値も入っているのさ」

源蔵の話はあまり信用できなかったが、お初は「そうなの」と応えた。

「今のご時世じゃ、刀なんざ無用の長物さ。生まれてから死ぬまで一度も刀の鞘《さや》を払ったことのねェ侍《さむらい》がごろごろいる。本当だぜ」

「誰に聞いたの」

「道具屋をしている客から」

源蔵は水茶屋の主《あるじ》をしているので、世情に長《た》けたところがあった。

「あの居合抜きの刀は贋物《にせもの》ってことなのね」

「そういうこと」

源蔵はきっぱりと言って床几から立ち上がった。

「早く終わってくんないかねえ。場所塞《ふさ》ぎだよ、全く」

源蔵はいらいらした様子だった。見世を開けてから、まだ客は五人ほどしか入っていなかった。

「お前さあ、あの青物屋と一緒になるのかい」

源蔵は前を向いたまま、さり気なくお初に訊いた。布巾で茶碗を拭《ふ》き始めたお初の手が止まった。ちらりと茶酌女《ちゃくみむすめ》のおせんを見た。

おせんはふわりと笑った。

「そんなこと、まだわからない」

お初は、少しぷりぷりして応えた。見世の奉公人とは言え、他人の前でそんな話はしてほしくなかった。本所《ほんじょ》の青物屋「八百清《やおせい》」の栄蔵《えいぞう》はお初の裁縫の師匠から紹介された二十五歳の若者だった。まだつき合い始めたばかりで、縁日《えんにち》に二度ほど行っただけだった。

「そうか、わからねェか……」

源蔵は雪駄の先で地面をならして、独り言のように呟《つぶや》いた。

「おっ母さんが反対しているし、お父っつぁんだって、あまり乗り気じゃないんでしょう？」

「わっ、ちはどうだっていいよ。お前が惚《ほ》れた男なら、四《し》の五《ご》の言わないよ」

「だから、まだ惚れているとか、そんなんじゃないってば！」

お初は声を荒らげた。

「そうかい。ま、そういうことにしておこう。さて、ちょいと佐平次《さへいじ》の顔を見てくるかな」

佐平次は口入《くちい》れ屋（周旋業）を営む源蔵の友人のことだった。

「新しい人を入れるの？」

お初は源蔵を上目遣《うわめづか》いに見ながら訊いた。

春に入ったばかりのお鉄《てつ》という二十歳《はたち》の女は、ひと月ほど経《た》った頃、見世に来なくなった。心配して源蔵が迎えに行くと、裏店《うらだな》の住まいを引き払って品川に行ったという。源蔵に挨拶《あいさつ》一つなく辞《や》めてしまった。どうやら、お初の兄の政吉《まさきち》と喧嘩《けんか》別れしたらしい。それで見世に居づらくなったのだろう。

「よさそうなのがいたら、こっちも商売だから入れるわな」

源蔵は当然という顔で応えた。

「そう。今度はしっかりした人を探して貰ってね。兄さんが甘いことを囁《ささや》いても、その気にならない人よ」

「わかった、わかった。全くお前はきついことを言う奴だよ。お前を女房にした男は、いっそ気の毒というもんだ」

源蔵はお初の小言に閉口した様子で、そそくさと見世を出て行った。

「お初ちゃんと若旦那は同じきょうだいなのに、性格はちっとも似ていない。不思議ね」

おせんはそんなことを言った。

「あたしは小梅《こうめ》村の里親に預けられていたのよ。兄さんのように親にべったり甘えられなかった。似ていないのも道理よ」

「でも、旦那はお初ちゃんのことを心配しておりますよ。お年頃ですもの」

「今まで放っといたくせに、こっちに戻った途端、二人とも口酸《くちす》っぱく小言を言うのよ。うんざりよ」

お初はくさくさした表情で言った。年子の兄の政吉は生まれつき身体が弱かった。今も喘息《ぜんそく》持ちで、話をする時でも喉《のど》からひゅうひゅうと息の洩《も》れる音がする。季節の変わり目には必ず風邪を引き、二、三日は床に就《つ》く羽目となる。お久はそんな政吉から手が離せず、お初を里親へ預けたのだ。

「お初ちゃんのことは可哀想だと思っておりましたよ。でも、お初ちゃんは丈夫に育って家に戻って来た。もう、それでいいじゃありませんか。これからは今までの分まで親に甘えたらいいんですよ」

おせんは年上らしくお初を諭《さと》した。

「おせんさん、甘えると言っても、よその親のようにはいかないのよ。うまく言えないけど、何か違うの。空回りしているような感じで。それはあたしだけじゃない。お父っつぁんもおっ母さんも感じていると思う。二人とも、時々、この子どこの子という眼をするもの」

「考え過ぎですよ」

「そうかしら」

「親に言えないことは八百清の息子さんに打ち明けたらよござんすよ」

おせんにそう言われ、お初は恥ずかしさで顔が紅潮した。おせんは、そんなお初に、また笑った。

どうやら居合抜きは終わったようだ。人垣が崩れると、地面に紙吹雪の残骸《ざんがい》が落ちていた。紙吹雪は大川から吹く風に頼りなげに舞い上がり、お初の足許まで飛んで来た。そっと摘《つま》み上げると、白い紙と思っていたものは書きものをした後の反故紙《ほごし》だった。あの居合抜きの男は、普段は何をしているのだろう。近所の子供達に手習いでも指南しているのだろうか。かつては禄《ろく》をいただく侍がどんな事情か浪人となり、生計《たつき》のために大道芸人をしている。世の中は様々なことが起きる。十七歳のお初は、これからの自分を考えると途方に暮れる思いがした。何んとなく、安穏な日々が続くような気はしなかった。それは予感だったのだろうか。

二

口入れ屋「宝屋《たからや》」を営む佐平次は源蔵と同い年だが、額《ひたい》がすでに禿《は》げ上がっている。月代《さかやき》を剃《そ》る手間が省《はぶ》けていい、などと源蔵は憎まれ口を叩《たた》く。それどころか何んでも佐平次の頭にたとえて話をするくせがある。人の悪い男だ。

霜枯れた秋の野原を見て、まるで佐平次の頭のようだとか、客の入りがさっぱりの見世の様子を佐平次の頭みたいに寂しいとか言うのだ。本人が目の前にいようがお構いなしである。佐平次はもう、慣れっこになっているようで平気な顔をしているが。

里親の捨蔵《すてぞう》は人の身体の特徴をからかう者を嫌った。近所の子供達が足の悪い子供をからかった時は烈火のごとく怒った。捨蔵が子供達を叱っても腹を立てる母親は一人もいなかった。よくぞ叱ってくれたと逆に礼を言われたものだ。

小梅村は田舎だったけれど、気のいい人間が揃《そろ》っていた。両国広小路の人間は、それに比べて底意地が悪い。特に芝居小屋にたむろする若い衆が喧嘩となった時は、耳を塞ぎたくなるほどの悪口《あっこう》が飛び出た。人を貶《おとし》めて得意になっている。いずれ自分のしたことは自分に返って来る。それも捨蔵の言葉だった。

佐平次は夜の五つ（午後八時頃）過ぎに米沢町《よねざわちょう》の家を訪れて来た。源蔵が気軽に中へ促《うなが》すと、佐平次は遠慮がちに座敷へ上がり、源蔵の傍《そば》に座った。源蔵は毎晩、だらだらと晩酌する男だった。他の者はとっくに晩飯を済ませていたが、源蔵の前には、まだ箱膳《はこぜん》が置いてあった。お久は慌てて佐平次に座蒲団《ざぶとん》を勧める。

「おかみさん、構わねェでくれ」

佐平次はお久に言った。

「一杯、飲むかい」

源蔵が訊くと、佐平次はお久をちらりと見て「いや、いい」と応えた。佐平次はお久の顔色を窺《うかが》っている。若い頃、佐平次はお久に気を惹《ひ》かれていたことがあったそうだ。それで今でも、佐平次はお久の態度を気にする。

お初は、黙って台所から猪口を持って来て佐平次の前に置いた。

「小父《おじ》さん、飲んで。お父っつぁん、間《ま》が持てないから」

お初はそう言って徳利を取り上げた。

「お初、気が利《き》くねえ。おなごはそうじゃないといけないよ」

源蔵は嬉《うれ》しそうにお初を持ち上げる。

「昼間の話なんだが……」

お初が酌をした酒を一口飲んでから、佐平次はおずおずと口を開いた。

「駄目。あれは駄目。あんな茶酌女がいるものか。あれは水茶屋じゃなくて見世物小屋行きだよ。うちの見世に置いたんじゃ、客が怖がって引いてしまわァ」

源蔵は佐平次の話を皆まで聞かず、ぴしゃりと言った。

「お父っつぁん、見世に入れる人のこと?」

お初は佐平次の用件に当たりをつける。

「そうだよ。これがひどいの何んのって、話にもならない野郎、じゃなくて、おなごなのよ」

「あたしよりも駄目なの？」

お初は恐る恐る訊く。お初も容貌《ようぼう》に自信があるとは言えなかった。

「お初なんざ、あれに比べたら極上上吉《ごくじょうじょうきち》ってものよ。そうだろ？　佐平次」

「お初ちゃんは親のいいところを引き継いで生まれているよ。だが、あの子も体格が人よりいいだけで、愛想はいいし、人柄だって悪くねェ。おれはいいと思うんだが……」

佐平次は言い訳がましく言った。

「お前の話は当てにならないよ。この間のお鉄がいいたとえだ。お前、あいつを見世に入れる時、何んて言った。ちょいと男にはだらしないが、根《ね》はいい子だって。そうだったな。ぷいっといなくなっちまった。お前の言う根がいいってのは、あの程度かい」

「面目ねェ。あれはおれの眼鏡違いだった」

「何を言うんだろうね、このすっとこどっこいは。お前、髪の毛が薄くなったついでに頭ン中まで薄くなったんじゃねェの」

「お父っつぁん、そんな言い方しなくてもいいでしょう？　お鉄さんのことは兄さんのせいもあるんだし」

お初は佐平次の肩を持った。

「おれがどうしたって？」

部屋の隅で寝転がり、冊子《さつし》を読んでいた政吉が口を挟んだ。

「およし」

お久はさり気なく政吉を制した。だが、政吉は「どうしてお鉄が見世を辞めたのが、おれのせいなんだ」と、お初に喰《く》い下がった。

「兄さん、お鉄さんと喧嘩したんでしょう？　今まで一緒に飲み歩くほど仲がよかったのに、急に辞めるなんておかしいじゃない」

「あいつは欲の深いおなごなんだ。明石屋の嫁になろうと企《たくら》んでいたのよ。そうは問屋が卸《おろ》すかい。あんまりしつこいから、嫁にするのは生娘《きむすめ》に決めているとほざいてやった。あいつ、泣きながら帰って行ったぜ。品川に行ったんだってな？　茶酌女をするより飯盛《めしも》り女郎の方が、いっそお似合いよ」

政吉は唇を歪《ゆが》め、源蔵に負けないような憎まれ口を叩いた。

「ひどい話。呆《あき》れてものも言えない」

「何んだとう！」

「そろそろ寝たら？　夜更かしすると喘息が起きるわよ」

気色《けしき》ばんだ政吉にお初はぴしゃりと言った。

「お初の言う通りだ。ささ、ここでごろごろするより蒲団に入った方がいい」

お久に促され、政吉は腰を上げたが、茶の間を出る間際、

「お前だってなあ、ぐずぐずしてたら、よそのおなごに栄蔵をさらわれるぜ。あいつの女房になりたがっている娘はごまんといるからな。そん時は泣きべそかくなよ」

と、捨て台詞《ぜりふ》を吐いた。

「ばか」

悔しまぎれにお初は叫んだ。佐平次はお初の肩を軽く叩いて制した。

「全く、あれが実の兄さんだと思えば、情けなくて泣きたくなる」

お初は唇を嚙《か》み締めた。

「政にいちいち、逆らうなって、いつも言ってるだろうが」

源蔵は苦々しい表情で言った。

「お父っつぁんが何も言わないから、あたしが代わりに言ってるんじゃないの」

「ま、確かに、政吉は少し我儘《わがまま》だが、餓鬼《がき》の頃に病気ばかりして、ろくに外で遊ぶ暇

もなかった。癇《かん》も強くならァな」

佐平次はお初を宥《なだ》める。

「癇が強いんじゃないの、小父さん。あれは臍《へそ》曲がりの悪たれというものよ」

「源蔵に似て、お初坊も口が悪いよ」

佐平次は情けない顔で笑った。

「なあ、源蔵。やっぱ、駄目かい？」

佐平次は新しい茶酌女の話を蒸し返した。

「駄目って言ったろうが」

源蔵はにべもない。

「そうか、駄目か……」

「小父さん。あたし、その人に会いたいんだけれど」

お初の言葉に源蔵は眉《まゆ》を持ち上げた。

「会ってどうする」

「うちの見世にふさわしいか、そうでないか確かめるの。だって、人手が足りないから、あたしは裁縫のお稽古《けいこ》に、なかなか行けないの。他の人に遅れを取る一方なのよ」

「そうか。お初坊は見世の手伝いばかりで稽古事も満足にできねェのか。そいつは気の毒だ」

佐平次はつかの間、お初に同情的な眼を向けた。優し気な眼だ。お初は佐平次が好きだった。どこか捨蔵と似ているところもあったからだ。

「だから、早く手伝いの人を入れてほしいのよ。小父さんの話だと、いい人そうに思えるから。特別な美人じゃなくても真面目に働いてくれる人が一番よ」

「その通りだよ、お初坊」

佐平次は大きく相槌《あいづち》を打った。

「仕方がない。会うだけ会ってきな。そいで、お前がいいなら雇《やと》うことにするよ。ただし、そいつが不始末を起こしたら、政の野郎は笠に着て、お前に文句を言うだろう。それは覚悟しておきな」

源蔵は半ば脅《おど》すようにお初へ言った。

「小父さん、明日、宝屋へ行くね。その人を呼んでおいてね」

お初は源蔵の脅しなど意に介するふうもなく張り切って言った。

三

馬喰町《ばくろちょう》の宝屋は間口二間《けん》の狭い見世だが、お初が午前中に訪れた時は、すでに見世の外まで行列ができていた。仕事にあぶれた者が、江戸にこれほどいるものかと、お初は驚く。

土間口を入ると、内所（経営者の居室）に通じている細い通路を隔《へだ》てて、両側に店座敷がある。左側は仕事を求める者、右側は奉公人を探している者のためのものだ。どちらの店座敷にも天神机が置かれていて、手代、番頭が応対していたが、左側の店座敷に比べて右側の客は疎らだった。

「明石屋のお嬢さん。お待ち致しておりました。ささ、中へどうぞ。旦那さんがお待ちですよ」

古参の徳助《とくすけ》という番頭が如才なくお初を促した。

「向こうさんは見えてます？」

「はい。さきほどお越しになりました。何んですか、お嬢さんが品定めをするとか……」

「あら、そんなんじゃないのよ。早くお手伝いする人を決めなきゃ、あたしも困るから」

「おきんさんはいい子ですよ。お嬢さん、何卒《なにとぞ》よろしくお願い致します」

徳助は頭を下げて頼む。

「そう、おきんさんって言うの。年は幾つ？」

「二十歳だそうですよ」

「あら、それじゃ、あまり長くは勤めて貰えないわね。お嫁に行かなきゃならないもの」

お初は思案顔で言った。

「いえいえ。おきんさんは出戻りなんですよ」

「…………」

条件はあまりよくないと思った。源蔵の話では器量がもう一つの様子だし、年も喰っている。やはり源蔵が駄目と言えば駄目かも知れないと、心細い気持ちにもなっていた。

「とり敢《あ》えず、会ってやって下さい」

徳助は笑顔で言った。

内所の前に上がり框《かまち》があり、女物の下駄が揃えて置いてあった。下駄の大きさにお初は驚いた。男物かと見まごうほどだ。だが、鼻緒は臙脂《えんじ》色のびろうどだった。中から賑《にぎ》やかな笑い声が聞こえた。

「小父さん。初ですけど……」

お初は気後れを覚えながら声を掛けた。笑い声は唐突に止まった。

「おィ、お初坊かい。待ってたぜ」

障子が開いて佐平次の顔が現れた。後ろで例の女が俯《うつむ》いているのがわかった。やはり、かなりの大女である。

「小母《おば》さん。いつもお世話になっております」

お初は内所へ上がると、おきんの傍に座っていた佐平次の女房へ三つ指を突いて挨拶した。

「おやおや、ご丁寧な挨拶だ。こっちこそ、うちの人がお世話になっておりますよ。今日は、わざわざ足を運ばせて悪かったねえ」

佐平次の女房のおたきは伝法な感じの女である。源蔵はおたきの顔を見て「お、男ぶりが上がったね」などと冗談を飛ばす。その時だけ源蔵の冗談は的《まと》を射ていると、お初も思う。

「お初ちゃん。こっちがおきんさんですよ」

おたきがそう言うと、おきんは顔を真っ赤にして「よろしくお願いします」と頭を下げた。色の白い女である。しかし、とにかく体格がいい。女相撲に出られるほどだ。

「さっそくですけど、おきんさんは水茶屋奉公をしたことがあります?」

お初は直截《ちょくせつ》に訊いた。

「いえ。でも一膳《いちぜん》めし屋のお運びをしておりました」

身体の割に蚊の鳴くような小さな声だった。

「お初ちゃん。おきんさんは深川で働いていたんですよ。別れた亭主ってのが、ぐうたらで、おきんさんは一生懸命に暮らしを支えていたそうだ。だけど、亭主はおきんさんを当てにして、ちっとも働かない。それでとうとう、亭主のてて親と母親が相談して二人を別れさせたそうだ」

「そうですか……」

「お嬢さん。本当はあたし、別れたくなかったんです。あたしのような者を女房にしてくれたんですもの。それだけで、あたしはありがたいと思っておりました」

心なしかおきんの眼は赤くなった。今でも別れた亭主に未練があるのだろう。

「ご亭主は、今、どうなさっておいでです?」

「借金取りに追われて江戸をとんずらしちまいましたよ」

「おきんさんは亭主の借金を返してから、深川を出て親の所へ戻ったんですって」

おたきは感心した様子で言った。大した心掛けの女だとお初も思った。

「ご存じでしょうけれど、水茶屋商売はお客さんが、ただお茶を飲むだけではなくて、茶酌女と話をするのも楽しみにしております。どうも、おきんさんには少し無理なような気がしますけど」

お初は素直な感想を述べた。おきんは、お世辞にも美人とは言えない。真面目なことは認めるが、客の気をそそるような女ではなかった。

「お嬢さん。あたし、一生懸命働きます。ですから、どうか雇って下さい。宝屋さんの紹介で二十軒も奉公先を探したんですけど、どこも色よい返事はいただけませんでした。せめて自分の喰い扶持《ぶち》だけは稼ぎたいんです」

おきんは切羽詰まった顔で言った。興奮するとおきんの声は体格に比例して大きくなった。

「小父さん、どうしよう。お父っつぁんも反対してるし……」

お初は佐平次に困惑した眼を向けた。

「そいじゃ、ためしにひと月だけ働いて貰うってのはどうだい。それで客が引くようなら、おきんちゃんにきっぱり諦《あきら》めて貰うから」

佐平次は意外なことを言った。名案だとお初も思った。

「おきんさん。それでも構わない？」

「ええ」

おきんは嬉しそうに笑った。その拍子に丈夫そうな歯が見えた。笑うと愛嬌《あいきょう》があった。

「愛想をよくしてね。仏頂面《ぶっちょうづら》だとお客さんも気分が悪いから」

「はい」

「それじゃ、さっそく明日から来て貰うことにしましょうか。そうね、最初だから五つ（午前八時頃）までにうちの見世に来て下さいな。掃除の手順を教えますよ」

「ありがとうございます」

おきんは張り切って頭を下げた。あまり勢いがよかったので、頭に挿《さ》していた寝惚《ねぼ》けた珊瑚《さんご》の簪《かんざし》がぽたりと落ちた。おたきはそれを見て、ぷッと噴《ふ》いた。

小半刻《こはんとき》（約三十分）後、お初は内所から出た。外へ出ようとした時、お初は自分の名を呼ばれた。

奉公人を探す店座敷の方に栄蔵が座っていた。いつもの半だこ姿ではなく、その日は印半纏の下に鉄紺色の着物を着ていた。お初の胸が高鳴った。

「まさか、お初ちゃんが仕事探しでもあるめェな」

栄蔵は冗談混じりに言う。

「うちの見世で働いてくれる人と会っていたのよ」

「そうけェ。これから帰《け》ェるのか？」

「ええ」

「送って行こう」

「でも、栄蔵さんの用事は済んだんですか」

「ああ。番頭さんに若い者を回してくれるよう頼んだところだ。そいじゃ、番頭さん。よろしく頼むわ」

　栄蔵は徳助に如才ない言葉を掛けた。

　外へ出ると、お初は「八百清さんも奉公している人が足りなくなったんですか」と訊いた。

「ああ。長いことうちの店を手伝ってくれた人がいたのよ。還暦を過ぎて、年も年だし、腰の按配《あんばい》が悪くなったらしい。青物の束を満足に運べなくなったから辞めたいと言ってきた。娘夫婦に言われたせいもあるが」

「そう。でも馬喰町まで出て来るなんて。本所にも口入れ屋はあるでしょうに」

「宝屋は評判が高いって聞いたからな。旦那はお初ちゃんの親父のダチだって？」

「ええ。お父っつぁんの子供の頃からの友達なの。仲がいいのよ。と言っても、うちのお父っつぁん、口が悪いから小父さんをからかってばかりなの。ほら、宝屋の小父さん、ちょいと髪の毛が薄いでしょう？」

「あ、ああ」

栄蔵は居心地の悪い顔になり、そっと月代の辺りに手をやった。

「栄蔵さんは大丈夫よ。髪がたっぷりあるし」

「祖父《じい》さんはつるっぱげだった。親父はそうでもなかったが。だから、おいらも今から心配してるのよ。おいらの髪が薄くなったら、お初ちゃんに愛想尽かしされそうで……」

「そうなったら、そうなった時のことよ。あたし、全然、気にしない」

お初は朗らかに応えた。

「相変わらず威勢のいい人だ」

栄蔵は苦笑して言った。馬喰町から広小路へ向けて、二人はゆっくりと歩いた。お初は、そうして栄蔵と歩くのが好きだった。周りの目が気になるので肩は並べない。お初は二、三歩後から歩く。栄蔵は首をねじ曲げて話をするので、前から来た人とぶつかりそうになる。お初はその度に栄蔵の半纏の袖を引いた。

栄蔵はお初に気を遣われるのが嬉しい様子で照れたように笑う。

栄蔵の浴衣《ゆかた》や着物を縫いたいと、その時、お初は思った。栄蔵は喜んでくれるだろう。

だが、お久に反物をねだる訳にはいかなかった。きっと不愉快そうな顔をするに決まっている。

「八日と十二日にゃ、茅場《かやば》町の薬師堂《やくしどう》で縁日が立つんだが、おいらのダチが、そこで植木を並べるそうだ。お初ちゃん、行かねェか」

栄蔵は前々から心積もりしていたらしく、お初を誘った。

「どうしよう。昼間なら見世があるし……」

当分の間、おきんにつきっきりで仕事の手順を教えなければならない。おせんは訊かれたら応えるが、自分からは何も言わない女だし、もう一人の茶酌女のおはんは自分の身を構うことばかりに熱心で気が利かない。結局、一番年下のお初が面倒を見ることになるのだ。

お鉄の時もそうだった。ようやく見世の仕事に慣れた矢先に突然、辞めてしまった。

それには源蔵よりもお初の方が、がっかりした。

おきんに会うと言ったのは、お鉄の二の舞はたくさんだったからだ。

「薬師堂は夕方から露天商が集まるんだ。ダチの話じゃ、江戸で一番の賑わいらしい。きっとおもしろいぜ」

お初は大いに気を惹かれた。いや、栄蔵と一緒にいられるのなら縁日でも何んでも構わなかった。

「おもしろそうね。あまり遅くならないようだったら、行ってもいいけど……」

「何んでェ、その割に気のねェ返事だな」

「うちのおっ母さん、栄蔵さんと二人っきりで出かけるのに、あまりいい顔しないのよ」

「あ、そうか」

栄蔵はお久の気持ちがわかったようだ。まだ仲人も入っていない内に若い男女が連れ立って歩くのは外聞《がいぶん》が悪い。

「そ、そうだよな。そいじゃ、誰かお初ちゃんのダチを誘ったらいい」

栄蔵に言われて、お初は裁縫の稽古を一緒にしている指物師《さしものし》の娘のおしょうを思い浮かべた。

「あたしの友達が一緒でもいいの？」

「ああ。人数が多い方が賑やかでいいぜ」

「わかった。都合を訊いておくわ」

「よし。それで決まりだ。十二日に、おいらは早めに店仕舞《じま》いして、お初ちゃんを迎えに行くよ。忘れんなよ」

「ええ」

栄蔵はいつも約束する時「忘れんなよ」と念を押す。忘れるものか。お初はいつも思う。

そろそろ昼になる両国広小路は人出も多くなった。遠くの方で鳥の鳴き声が聞こえた。

「お、ほととぎすだ」

栄蔵は嬉しそうに言う。栄蔵は鳥の鳴き声で季節の移ろいを感じる質《たち》らしい。ついこの間も呼《よ》ぶ子鳥《こどり》（郭公《かっこう》）のことを教えて貰ったばかりだ。

栄蔵もお初と同じように子供の頃、里親に預けられていたという。栄蔵の暮らした押上《おしあげ》村は鳥が格別に多い所だったのだろうか。

「知ってるかい。あの鳴き声を忍《しの》び音《ね》と言うんだぜ」

栄蔵は訳知り顔で言った。

「忍び音？」

雅《みやび》な感じはしたが、お初には意味がわからない。

「ああ。静かな声で雌を呼ぶのよ。おいらはここにいますよ、よかったら来ておくんなせェ、と言ってるのよ」

お初は大真面目に言う栄蔵に微笑《ほほえ》んだ。

「鳥の中じゃ、ほととぎすの鳴き声が一番控え目なんじゃねェかな。これが他の鳥だと、びっくりするほど、けたたましいのもいるから」

「そうね」

「おいらも忍び音を洩らしているんだぜ。お初ちゃん、どうぞおいらを振り向いておくんなせェってね」

「冗談ばかり」

お初はさり気なく栄蔵から眼を逸《そ》らした。栄蔵の眼は黙って見つめていると吸い込まれそうな気持ちになる。一日、この眼を見て過ごせたら、どれほど倖せだろうか。いつか、そんな日が来るのだろうか。お初は足許を見つめながら思った。

栄蔵は明石屋の前までお初を送ると、そのまま、両国橋を渡り、八百清に帰って行った。

半纏の丸に「清」の屋号がお初の目には白々と映った。

四

おきんはお初の思った通り、真面目な女だった。だが、身体が人より大きいので、見世の中で人とすれ違う時、危うくぶつかりそうになる。おはんは大袈裟《おおげさ》な悲鳴を上げ「ちょっと、気をつけてよ」と、おきんを詰《なじ》った。

「すんません」

おきんは大きな身体を縮《ちぢ》めて謝る。

「何よ、その汗。拭きなさいよ。今からそうじゃ、真夏になった時、どうするのよ」

「大丈夫です」

「おはんさん。おきんさんはまだ慣れていないから、粗相があっても大目に見てやって」

お初はおきんを庇《かば》うように言葉を掛けた。

「やれやれ、うちの見世の狭くなったこと。おきん、お前、飯は何杯喰うんだい」

源蔵は呆れた顔で訊いた。

「えと、三杯です」

「旦那さん。そんなには食べられませんよ。でも、とろ、とろ飯なら食べられるかも知れません」

「喰うのは飯だけにしなよ。お櫃《ひつ》まで喰うんじゃないよ」

源蔵は相変わらず、つまらない冗談を言う。

「いやだ、旦那さんったら」

おきんは苦笑いする。

お父っつぁんが馬鹿にするから、他の女達もその気になるのだと、お初は思う。政吉も初めておきんを見た時、いきなり噴いた。新入りの女には色目を遣う政吉だが、さすがにおきんには食指が動かないらしい。母親のお久だけは、いい子が入ってよかったと喜んだ。

明石屋の客は、最初はおきんを見て驚いた顔をするが、慣れるとおもしろがって、あれこれ話し掛ける。その内に、こっそり祝儀を渡す客も出てきたから世の中はわからない。お初の面目も立ったというものだった。

おきんが見世に慣れた頃、お初は裁縫の師匠の家に向かった。十日ばかり足が遠退《とおの》いている間に、新しい弟子が入っていた。

「おしょうちゃん。あの人、誰？」

お初は、そっと隣りのおしょうに訊いた。新しい弟子は着る物も頭に飾る簪も上等で、家が裕福であることが察せられる娘だった。

「おふじさんよ。おっ師匠《しよ》さんの知り合いの娘だって。あたし達と同い年さ。お父っつぁんは材木の仲買人をしているそうだよ。親の羽振りがいいから、娘の恰好も派手だこと」

おしょうは半ば羨《うらや》ましそうに言った。おふじという娘は飾り縫いのやり方を師匠のおとくに教わっていた。晒《さら》し木綿に赤い糸で麻の葉模様を縫いつけている。どうやら針を持つのも初めてらしい。

「ああ、わかんない」

おふじは甘えた声で縋《すが》っている。

「わかんないじゃないの。ちくちく縫えばいいんだよ」

おとくは宥めるように応える。

「でも、わかんない」

他の弟子達は、くすくす笑った。少し驕慢《きょうまん》な感じはするが可愛らしい娘だ。湯屋の前でも通ったら、きっと二階の男達は声を掛けることだろう。

おふじは大袈裟なため息をついて席に戻った。お初はそっと頭を下げた。

「あんた、明石屋のお初さんね」

おふじはお初の顔を見て言った。自分の名を知られていたことが意外だった。

「ええ」

「あたしは、ふじって言うの。よろしくね」

「こちらこそ」

「八百清の栄蔵さんから、あんたのことを聞いたわ。すごく褒《ほ》めていた。お父っつぁんの浴衣や半纏を拵《こしら》えたそうね。あたしも自分の浴衣ぐらい縫いたいと思って小母さんに頼み込んだのよ。でも、難しい。とてもお初さんのようにはいかない」

「そんな。あたしだってまだまだですよ。こっちのおしょうちゃんの方が、よほど手は上ですよ」

お初は慌てて言った。稽古を休みがちなお初に比べ、おしょうは毎日通っているので、もはや、いっぱしの針妙《しんみょう》だった。

「あら、そうなの」

おふじは、ちらりとおしょうを見たが、さほど興味のない顔で栄蔵の話を続けた。

お初は漠然と不安を覚えた。おふじは、もしかしたら栄蔵に気を惹かれているのではないかと。

「そこ、口を閉じる。おふじ、さっさとおやり。お初ちゃんも、早く袷《あわせ》を仕上げること。夏の間に縫っておけば、秋口にお父っつぁんに着せてやれるよ」

おとくは、ぴしりと言った。

お初は殊勝に応えたが、おふじは悪戯《いたずら》っぽい表情で肩を竦《すく》めた。

稽古が終わり、おしょうと一緒に帰りながら、お初は薬師堂の縁日に行かないかと誘った。おしょうは眼を輝かせ「いいの？」と訊いた。

「ええ。栄蔵さんと二人きりで行くのは、きまりが悪いから……ごめんなさい。おしょうちゃんをダシにしている訳じゃないのよ」

「わかってる。あたしを誘ってくれる人なんて誰もいないから、とても嬉しい。やっぱり、お初ちゃんは、あたしの友達だ」

おしょうは細い眼をさらに細くして笑った。

「おふじさん、もしかして栄蔵さんのことを好きなんじゃないかな」

おしょうは、ふと思い出したように笑顔を消して言った。栄蔵と他の縁日に行ったことは、湯屋へ一緒に行った時、おしょうに打ち明けていた。おしょうは、お初と栄蔵が祝言を挙げられたらいいいね、と言ってくれた。

「どうして、そう思うの」

お初はおしょうの顔をじっと見た。

「だって、お初ちゃんのこと、すごく気にしていた。結納を交わしたのかって」

「まだ、そこまで行っていないのよ」

「あたしもそう言った。そしたら、何んとなく、ほっとしたような顔をしていたよ」

「そう」

「おふじさんの家、栄蔵さんの近所なんだって」

「本当？」

俄《にわ》かに不安が、いやました。お初を気にする栄蔵を、おふじが気にする。妙な構図に思えた。

「でも、おふじさんは一人娘で婿《むこ》を取らなきゃならないから、おふじさんと栄蔵さんが一緒になることはないと思うよ。お初ちゃん、栄蔵さんがよそ見をしないように、ちゃんと摑《つか》まえていなきゃ駄目だよ」

「そんな。栄蔵さんがおふじさんをいいと思うなら、あたしは何も言えない」

「そんな意気地《いくじ》のないことでどうするの。駄目、駄目。お初ちゃんは栄蔵さんと一緒になるの。二人はお似合いの夫婦になるよ」

おしょうは、お初を励ますように言った。

おふじは栄蔵とは幼なじみになるのだろう。

栄蔵にその気はなくても、おふじがずっと栄蔵を思い続けていたとしたら。妙な勘繰りはやめようと思いつつも、やはり、気になった。

五

江戸では、毎日、どこかで縁日が開かれている。有名なのは毎月三日と十八日に開かれる上野元三大師《がんざんだいし》の縁日、毎月十日は琴平《ことひら》町の金毘羅《こんぴら》、二十五日は湯島《ゆしま》天神だ。そして、八日と十二日は茅場町の薬師堂の縁日である。

門前や境内《けいだい》には、参詣客目当ての露天商が並ぶ。特に茅場薬師の植木市は大変な人気で、いつもすごい人出だった。庭に植える苗木や鉢植えの草花をじっくりと品定めする人々を見て、江戸の人々ほど植木好きは他国にいないだろうとさえ、お初は思う。

「あれ、あの草は何んだろう。変わっているよ」

おしょうは、はしゃいだ声を上げる。

「おしょうちゃん、あれは南国に生えるもので、しゃぼてんと言うそうですよ。棘《とげ》があるんですよ」

傍でおきんが教える。おきんも一緒に植木市にやって来ていた。嬉しそうな二人に対し、お初は、どこか上の空だった。お初の眼は植木ではなく、栄蔵とおふじに注がれていた。

その日、お初は明石屋でおしょうと栄蔵を待った。しかし、栄蔵は、一人ではなかった。

栄蔵はおふじを伴って明石屋に来たのだった。何んとなくそんな気もしていたから、お初は格別驚きもしなかった。だが、おしょうは、そっとお初の肘《ひじ》を突っついた。

「あれはおふじさんが無理やり栄蔵さんについて来たんだよ。きっとそうだよ」

おしょうは、おふじに聞こえないように言った。

「ええ。わかってる」

だが、お初はやはり、内心穏やかでなかった。店仕舞いをしている三人の女に「あたし達、茅場町の植木市に行くんだけど、皆んなもどう?」と、お初はやけのように誘った。

おせんとおはんは用事があると言ったが、おきんだけは「お嬢さん、連れて行って下さるんですか」と、嬉しそうに訊いた。

「ええ。人数が多い方が賑やかでいいから」

お初は栄蔵の受け売りの言葉を遣った。

「それじゃ、お願いします。ああ、縁日に行くなんて何年ぶりだろう」

おきんは張り切って床几を見世の中に引き入れた。勢いがよかったので、傍に立っていたおふじの膝に当たった。おふじは大袈裟な悲鳴を上げた。

「大丈夫かい」

栄蔵が心配そうに言葉を掛ける。それもお初の癇に障《さわ》ったが、ぐっと堪《こら》えた。

「後はいいから、さっさと行きな」

源蔵は鷹揚《おうよう》に言って、お初に小遣いを渡してくれた。

「おきんとおしょうちゃんに安い植木を買ってやんな。あっちの娘は栄蔵が面倒を見るからいいな?」

源蔵は勝手に決めつける。源蔵の眼にも、おふじの存在が妙な具合に映っているのだろう。

「おう、そこの黒《こく》一点。両手に花だな。しかし、この中にゃ、もの干し竿《ざお》まで紛《まぎ》れ込んでいるようだぜ」

源蔵は冗談混じりに栄蔵へ言った。栄蔵は苦笑しただけで応えない。

「旦那さん。もの干し竿って、あたしのことですか」

おきんが柔らかく口を返した。

「誰もおきんだとは言っていないよ」

源蔵ははぐらかす。

「小父さん。それじゃ、あたしですか」

おしょうは真顔で訊く。

「おしょうちゃん。お父っつぁんのことは気にしないで。いつもこの調子なんだから」

お初はさり気なくおしょうをいなした。

栄蔵の友人の見世を探すのには苦労した。

何しろ同じような露店があちこちにあるので、どれがどれやら、さっぱり見当がつけられなかった。ようやく竹松《たけまつ》という友人の見世を見つけたのは植木市に着いて小半刻も経った頃だった。

お初は万年青《おもと》の鉢をおしょうとおきんに買ってやり、自分も同じ物を求めた。

「お初ちゃん。ここよりも安い見世が向こうにあったよ」

万年青を買う時、おしょうは小声でお初に囁いた。

「いいのよ、おしょうちゃん。栄蔵さんは竹松さんが見世を出すので、あたし達を誘ったんだから、竹松さんから買ってやりましょうよ。栄蔵さんも品物に間違いないって言っていたことだし」

「そう？　お初ちゃんがいいなら、あたしは何も言わないけど」

おしょうは渋々、応えた。

「おきんさんも、それでいいのね」

「お嬢さん。本当にいただいてよろしいんですか」

おきんは恐縮している様子だった。

「お父っつぁんがお金を出してくれたから遠慮しないで」

「ありがとう存じます」

代金を渡すと、竹松はおまけしてくれた。

結果的にはよそより安く万年青を手に入れたことになった。

「おふじちゃん。お前《め》ェも一つ、どうだい？」

栄蔵はおふじに気を遣って勧める。

「あたし、万年青って好きじゃないの。花をつけないからつまらないもの」

おふじの言葉にお初の胸が冷えた。おきんとおしょうが、そっと顔を見合わせたのがわかった。

「おふじさん。菊の鉢がありますよ。秋になりゃ、黄色の花をつけまさァ」

手拭いを捻《ねじ》り鉢巻にした竹松も熱心に勧める。

「菊もねえ、仏様の花じゃないの。辛気《しんき》臭いなあ」

「そいじゃ、これはどうです？　牡丹《ぼたん》でさァ。来年の春にゃ、大輪の花をつけまさァ」

「牡丹は好きだけど、来年咲かなかったら文句を言うわよ」

「どうぞ、どうぞ。そん時は代金をお返ししまさァ」

竹松は太っ腹に応えて牡丹の鉢を差し出した。おふじは、自分では受け取らず、ひょいと栄蔵を見た。栄蔵は虚を衝《つ》かれたような顔をしたが、黙ってそれを受け取った。栄蔵は牡丹の代金も支払った。それは万年青よりもはるかに高直《こうじき》だった。

おふじは我儘に振る舞うことに慣れている様子があった。お初はそれを羨ましいような憎いような気持ちで見つめていた。

喉が渇いたので、近くで何か冷たいものでも飲もうかという話になった時、おふじは、「あたし、こんな所で飲み喰いするの嫌いなの」と言った。それにそろそろ帰らないと家の両親が心配すると言い添えた。

「栄蔵さん。あたし達のことはいいから、おふじさんを送ってやって。今日はどうもありがとう。楽しかった」

お初は栄蔵にそう言った。栄蔵はすまなそうな顔でお初を見たが、おふじを一人で帰す訳にはいかないので、渋々、牡丹の鉢を抱えて、おふじと一緒に帰って行った。

「さ、あたし達はお汁粉でも食べようよ。麦湯を飲んでも仕方ないから」

お初はわざと元気よく言った。水茶屋を手伝っているので、よそで茶を飲む気は起こらない。

「あのおふじって子、大嫌いだ」

おきんは不愉快そうに言った。普段は決して人の悪口は言わない女なので、お初は驚いた。栄蔵と自分のことは何も話してはいなかったが、おきんは二人の様子から察したらしい。

「おきんさん。そこまで言わなくてもいいよ」

お初はさり気なく窘《たしな》めた。

「いいや。あたしにはわかっている。どこに行っても、あんな手合《てあい》はいるものさ。手前勝手で相手の気持ちを考えない。あたしはね、お嬢さん。子供の頃から大きな身体をしているんで、ずい分苛《いじ》められましたよ。そんな時、近所の大店《おおだな》の娘が庇ってくれて、最初の内は嬉しかった。家にも呼んでくれて、お菓子や着せ替え人形を貰ったこともあるの。だけど、その娘がこっそり友達にあたしのことを喋《しゃべ》っているのを聞いちまったんですよ。おきんちゃんは何んでも食べるから、ゴミ溜《た》めに捨てるつもりのお菓子をやるって。あれはゴミ溜めだって」

おきんは、その時のことを思い出して悔しそうに眼を赤くした。

「ひどい話ね」

お初は低い声で言った。

「それからあたし、二度とその娘からお菓子を貰わなかった。その娘は事情がわからないから、どうしたんだろうって顔をして、相変わらず表向きは親切そうに振る舞うのさ。意地になってるあたしを周りの者は馬鹿だとか何んだとか言った。誰もあたしの気持ちはわからなかった」

「あたしもそうだよ、おきんさん。本当に親切なのはお初ちゃんだけ」

おしょうは相槌を打つように応える。おしょうとおきんは、改めて見ると、どこか似たようなところがあった。真面目だけれど女としては華《はな》がない。自分もどちらかと言うと、おふじのような女達より、この二人の部類に属するだろう。そう考えると寂しい気はするが、同時に安心も覚える。

「買い被《かぶ》りよ。あたしだって似たようなものよ。おしょうちゃんが裁縫のお稽古をどんどん先に進めば悔しいし、おきんさんの不器用ぶりにいらいらすることもある。だけど、皆んな、自分がいいと思ってやってることだし、他人にはわからないところもあるから、面と向かっては何も言えない。面と向かって言えるのは、うちのお父っつぁんと兄さんぐらいだ」

「お嬢さんは正直な人だ。あたし、最初からわかっていましたよ。お嬢さんは無駄なお愛想は言わない。だけど、お嬢さんみたいな人が一番損をするような気がして心配なんです」

おきんは訳知り顔で言った。

「そうなの？」

お初は心細い気持ちでおきんを見た。

「後は男次第さ。栄蔵さんが真実、情のある人なら、おふじって娘が何を言っても揺れないはずだけど、所詮《しょせん》、男だからどうなるかはお釈迦《しゃか》様でもご存じあるまいってものよ」

「………」

意気消沈したお初に、おきんは慌てて「すんません」と謝った。

「いいのよ。おきんさんも正直なことを言っているのだもの。ね、これからも色々、相談に乗ってね。何しろおきんさんは、あたし達より年上だから、頼りにしてますよ」

「あたしでよければ」

おきんは嬉しそうに応える。

「そうだよ。あたし達は余計なお愛想を言わずに話をしようよ。その方がどれだけ気が楽か」

おしょうも同調した。その後、三人は汁粉屋へ入り、お初とおしょうは二杯の汁粉を、おきんは三杯を平らげた。帰り道にはほととぎすの忍び音ならぬ、雨もよいを伝える蛙の無粋な鳴き声が聞こえた。どうやら、江戸は梅雨に入ったらしい。

六

しとしとと雨が両国広小路の地面を濡《ぬ》らす。

通り過ぎる人も疎らだ。当然、明石屋も暇だった。源蔵は奥の方で佐平次を相手に将棋を指していた。

「歩《ふ》だよ、歩。歩のない将棋は負け将棋と」

源蔵は合いの手を入れながら結構、楽しそうだった。佐平次は将棋を指しながら、おきんの働きぶりを、さり気なく眺めていた。おきんは茶釜《ちゃがま》を磨くのに余念がない。

おせんとおはんは見世の片隅で世間話をしていた。

栄蔵は植木市に行った翌日、明石屋にやって来て、おふじを同行させた言い訳をあれこれしていた。栄蔵に機嫌を取られてお初の気持ちは少し収まったが、裁縫の稽古所へ行けば、おふじが何かと話し掛けるのが煩《わずら》わしかった。お初がおしょうとなかよくしているのも気に入らない様子で、何んとなくおしょうを無視した態度をする。どちらにも気を遣わなければならないのが鬱陶《うっとう》しい。いっそ、裁縫の稽古なんて辞めたいとお初は思った。源蔵の袷は遅々として進まなかった。

政吉は天気が芳《かんば》しくないので体調を崩し、床に臥《ふ》せっていた。お久が猫撫《ねこな》で声で宥めるのにもお初はいらいらした。

この雨では鳥達も巣でじっとしているのか、鳴き声一つ聞こえない。お初は、ぼんやりと雨を眺めながら、もの思いに耽《ふけ》っていた。

「何んだとう！」

いきなり佐平次の甲走《かんばし》った声が聞こえ、お初はぎょっとして振り返った。

「ふん、こんなへぼ将棋につき合っていられるか」

源蔵も負けずに言い返す。どうやら負けが決まりそうになって、源蔵はやけになったらしい。困った男である。

「お父っつぁん、やめて」

お初はそっと制した。だが、頭に血の昇った二人はやめない。源蔵は将棋盤を引っ繰り返した。

「やるのか？」

佐平次は凄《すご》む。

「おう、上等だ。やってやろうじゃないか。禿げが生意気な口を叩くなよ」

「何んだとう。禿げが悪いのか。そんなに悪いのか、言ってみろ、この極楽とんぼ！」

「喧嘩するんなら、表でやって！　ここじゃ、迷惑よ」

お初は悲鳴のように叫んだ。

「お嬢さん、そんな」

おきんはお初のもの言いを窘める。

「いいのよ。この二人は幾つになっても若い時のまんまなんだから。ささ、広小路は広いから存分に殴り合ったらいい」

お初にけしかけられて、二人は勢いよく外へ飛び出した。

雨脚は誂《あつら》えたように激しくなった。広場の中央で年甲斐《としがい》もなく殴り合う二人の半纏は、たちまちずぶ濡れになった。

「大丈夫ですか、お嬢さん」

おきんは心配そうに訊く。

「大丈夫よ。殴り合うって言っても、何よ、あの景気の悪さは」

「本当だ」

おはんはおもしろそうに二人を眺めて笑った。雨で重くなった身体が幸いして、動きも緩慢だ。源蔵はわざと佐平次の薄い頭を毟《むし》る。

佐平次はなおさら腹を立て、源蔵に蹴《け》りを入れるが、佐平次の短い足は源蔵に届かない。

「やーい、胴長、短足」

「くそッ。この助平顔」

「禿げに言われたくはねェやな」

「禿げ、禿げって言うな。その禿げに金を借りたこともあるくせに。あの時、何んて言った？　へ、大の男が涙をこぼしてよ、お前ェだけが頼りだ、この通りだと縋ったのはどこのどいつだ」

「済んだことは言うな」

「こんちくしょう！　こうしてくれる」

「やったな。ちょっと見世が繁昌して金回りがいいからって、いばるな」

「いばるね。おれは禿げでも、お前より金持ちだ。ざまァ、見やがれ」

「手前ェで禿げとほざいていらァな」

「何い！」

下らない言い合いは永遠に続きそうで、お初は将棋の駒を拾い始めた。おせんとおはんは何事もない顔で世間話の続きを始めた。おきんだけは心配そうに見つめていた。

「お嬢さん、お嬢さん」

おきんは慌ててお初を呼んだ。

「どうしたの」

「栄蔵さんが仲裁に入っていますよ」

「本当？」

お初が広場へ目を向けると、栄蔵が二人の間に入って必死で止めていた。放っておけばいいのにと、お初は思ったが、栄蔵にすれば、目の前で喧嘩が起きれば止めない訳にはいかないのだろう。まして、お初の父親となれば。

栄蔵も雨で店が暇になったのを幸い、明石屋で暇潰しに茶を飲む気になったのだろう。

栄蔵の差していた番傘は、とっくに脇へ転がっている。

三人は飽くことなく、しのつく雨の中を揉み合っていた。

夕方になって雨は一時止《や》んだ。

喧嘩をしたことなど嘘《うそ》のように源蔵と佐平次は酒を酌み交わす。ついでに栄蔵も一緒だった。明石屋を店仕舞いすると、三人は米沢町の家へ、やって来たのだ。

お初は栄蔵の着物を脱がせ、源蔵の浴衣を貸してやった。その浴衣はお初が縫ったものだが、裄《ゆき》も丈《たけ》も栄蔵にぴったりだった。

「栄蔵。その浴衣、お前にやるよ。そいつはお初が縫ったんだ」

源蔵は機嫌よく栄蔵に言った。

「へえ……」

栄蔵は感心したように、ためつすがめつ浴衣に見入る。

「駄目よ。恥ずかしいから」

お初は慌てて止めた。

「それ、少し丈が短いから、栄蔵が着た方がいいんだ」

栄蔵は源蔵より一寸ほど背が低かった。見た目はほとんど同じだったが。

「貰っていいかい、お初ちゃん」

栄蔵が嬉しそうだったので、お初は仕方なく「ええ」と応えた。お久は政吉の看病の合間、茶の間にやって来ては、あれこれ家の様子を栄蔵に訊いた。お初のつき合っている相手だと思えば気になるのも当然だ。

「おっ母さんは病《やまい》だって聞きましたけど、本復《ほんぷく》されたんですか」

「へい、お蔭さんで。だが、まだ本調子じゃありやせん。妹が死んでから、お袋も元気がなくなりやして」

「そうですよねえ。子供に先立たれるのは母親には一番、辛《つら》いことだから」

「生きてりゃ、お初ちゃんと同い年でさァ。お初ちゃんを見る度に妹を思い出しやす」

そうか。栄蔵の妹は自分と同い年なのかとお初は思った。だがお初は妙な気持ちにもなった。自分は妹の代わりなのかという気にもなる。お初は、決して栄蔵を兄のようだとは思っていなかった。

「栄蔵さんは、身体は達者かえ」

お久は言葉を続ける。

「へい、身体の達者なのだけが取り柄《え》です。おいらは妹の分まで長生きするつもりです」

「妹さん思いで感心な兄さんだ。うちの政吉とは大違いだ」

お久は吐息混じりに言う。しかし、栄蔵をその目で見たことで、幾分、安心した様子でもあった。

「栄蔵。お前ェの周りをちょろちょろしていた娘は何よ。お前ェに岡惚《おかぼ》れしている様子だったぜ。何んでもお初の裁縫の稽古所にも弟子入りしたらしいぜ」

源蔵はおふじのことを気にして訊く。

「おいら、おふじちゃんのことは何んとも思っておりやせんが、家が近所だし、うちの店の品物を買ってくれるんで、あまり邪険にもできねェんですよ」

栄蔵は自分の事情を説明した。茶の間は少し蒸し暑かった。お初は立ち上がり、そっと窓の障子を開けた。雨を含んだ夜風が気持ちよくお初の頰を嬲《なぶ》った。家の二階からは大川が見えるが、茶の間は隣家の庭しか見えない。

大きく息を吸った時、お初は微《かす》かに鳥の声を聞いた。

「栄蔵さん、ほととぎすの忍び音かしら」

お初は振り返って言った。栄蔵は耳を澄ませたが、源蔵と佐平次の笑い声に邪魔され、鳴き声を捉《とら》えることができない様子だった。

盛んに首を傾《かし》げる栄蔵にお初は優しく笑った。その夜は滅法界《めっぽうかい》もなく倖せな気持ちだった。

薄羽《うすば》かげろう

一

両国広小路が一番の活気を見せるのは、やはり大川の花火大会だろう。

幕府は陰暦五月の二十八日から八月の晦日《みそか》まで大川での川遊びを許していた。その初日に花火を揚《あ》げるのが、江戸の年中行事の一つだった。

花火大会は江戸の夏には欠かせないものだが、最初は死者の霊を慰め、悪霊を祓《はら》う目的だった。

享保十七年（一七三二）、飢饉《ききん》と疫病の流行で多勢の死者が出た。それで翌年の享保十八年、五月二十八日の川開きに花火を揚げ、意気消沈した江戸の人々を慰めることにしたという。それが今日まで連綿と続いているのだ。

この夜ばかりは水茶屋の「明石屋《あかしや》」もかきいれ時とばかり、夜通し見世《みせ》を開けている。

　普段は陽射《ひざ》しを避けるために覆《おお》っている天井の葦簀《よしず》も巻き上げ、花火が見物しやすいようにしていた。明石屋はこけら葺《ぶ》きの見世の前に葦簀を張り巡らし、緋毛氈《ひもうせん》を敷いた床几《しょうぎ》を幾つか並べて商売をしていた。こけら葺きの見世は二階家になっているが、雨の日と特別な客以外、滅多に使われることはなかった。

　店仕舞《じま》いする夕方には、床几を二階家の土間口に引き入れ、葦簀もくるくると巻き上げる。さっぱりと片づいた後は、そこが何んの商売をしているのか定かにわからない。それは明石屋に限らず、両国広小路で商売をする見世は、どこも同じだった。

　それと言うのも、両国広小路は、一応、火除《ひよ》け地《ち》に定められているので、何かあった時、見世をそのままにしていては邪魔になる。きちんと葦簀を畳むことが義務づけられていたからだ。葦簀の見世を設《しつら》えたり、片づけたりするのは、お初《はつ》の父親と兄の仕事だった。

　花火大会の当日、明石屋は宵《よい》の口から客が集まり、花火が揚がる頃には葦簀張りの見世の床几も、奥の見世も客で満員となった。用意した西瓜《すいか》も飛ぶように売れた。

　両国橋にも人が集まり、立錐《りっすい》の余地もないありさまである。『東都歳事記《とうとさいじき》』を著《あらわ》した斎藤月岑《げっしん》は花火大会の様子を「烟火《えんか》空中に煥発《かんぱつ》し、雲のごとく、霞《かすみ》のごとく、月のごとく、星のごとく、麟《きりん》の翔《かけ》るがごとく、鳳《おおとり》の舞うがごとく、千状万態《せんじょうばんたい》、神まどい魂《たましい》うばわる。凡《およ》そここに遊ぶ人、貴《き》となく賤《せん》となく、一擲《いってき》千金惜まざるも宜《よき》なり」と表現している。それほど、この花火大会は江戸の人々にとってすばらしいものであり、また最も楽しみとするものでもあった。

夜空に花火が揚がる度、両国橋の群衆から怒濤《どとう》のような歓声が轟《とどろ》く。それは花火の音に負けないほど大きく聞こえた。

「江戸にこんなに人がいるとは驚きだよ。皆んな、普段はどこにいるんだか。花火大会になると、厠《かわや》のうじみてェに湧《わ》いてくるよ」

お初の父親の源蔵《げんぞう》が軽口を叩《たた》く。だが、今夜は客が大入りなので、すこぶる機嫌のいい顔をしていた。見世は三人の茶酌女《ちゃくみむすめ》とお初だけでは人手が足らず、ちょいと顔を出したお初の友人のおしょうまで手伝いをさせていた。

おしょうは畑違いの商売がもの珍しいせいもあって、案外、楽しそうだった。奥の見世は母親のお久《ひさ》と兄の政吉《まさきち》が客の相手をしていた。料理茶屋から仕出しを取り寄せる客も多いので、そちらもてんてこ舞いの忙しさだった。

「お初ちゃん。栄蔵《えいぞう》さんは来ないのかえ」

おしょうは手伝いの合間にお初に小声で訊《き》いた。お初は湯呑を拭《ふ》くのに忙しかった。客が多いので、湯呑も洗ったそばから使われた。ぐずぐずしている暇はなかった。

「うん。顔を見せるとは言っていたんだけど、両国橋を渡れるかどうか」

お初はつかの間、手を止めて橋の方へ視線を向けた。栄蔵は途中で身動きできずにいるのではないかと心配だった。

「おふじさんがついて来たら、どうする?」

おしょうは試すように訊いた。

「別に」

お初は素《そ》っ気《け》なく応えた。それは考えられないことでもなかった。おふじは最近、お初とおしょうの通っている裁縫の稽古《けいこ》所へ弟子入りした娘だった。栄蔵の家と近所らしい。

いや、それどころか、おふじは栄蔵に気を惹《ひ》かれている様子もある。それがお初の悩みの種だった。

「別にって、おふじさんに栄蔵さんを取られたらどうするの」

おしょうは心配そうだ。

「大丈夫よ。この間、仲人さんが来て、今年の秋に結納を交わすことになったの。でも、祝言はまだまだ先よ。早くても来年の話よ」

お初はおしょうを安心させるように言った。

青物市場の元締《もとじめ》が仲人となってお初の家にやって来たのは梅雨《つゆ》の走りの頃だった。母親のお久は、政吉の祝言を挙げるのが先だと硬いことを言ったが、源蔵が「別にそれはいいじゃないの」と口添えしてくれたので、何んとかうまく事は運んだ。結納を交わせば、晴れて二人は許婚《いいなずけ》同士だ。人目を気にすることなく、どこへでも出かけられるというものだ。

「よかったね、お初ちゃん」

おしょうは笑顔で言った。

「ありがとう」

「栄蔵さんと一緒になっても、お初ちゃん、あたしとずっと友達でいてね」

おしょうは足許に視線を落とし、低い声で言う。

「当たり前じゃないの。茅場《かやば》町の縁日の帰り、おきんさんとも約束したでしょう？　あたし達は何んでも話し合う友達になろうって」

おきんは、最近、明石屋に入った茶酌女で、大層、体格がよい。気立てがいいのでお初は好感を持っていた。

「うん。だけど、お初ちゃんが栄蔵さんのおかみさんになったら、あたしのことなんて、どうでもよくなるような気がして寂しいの」

おしょうは少し暗い顔になった。

「栄蔵さんは栄蔵さん。おしょうちゃんはおしょうちゃんだよ」

お初はわざと威勢よく応えた。

「お嬢さん……」

おきんが、そっとお初の単衣《ひとえ》の袖を引いた。

「栄蔵さんが来ましたよ」

「え、どこ？」

お初は慌てて人込みに眼を凝《こ》らした。両国橋だけでなく、広小路もすごい人出だった。

お初はすぐに栄蔵の姿を見つけられなかった。眼のいいおきんは、いち早く気づいたようだ。

「案の定、おふじさんも一緒ですよ」

おきんは、いつもの愛想のいい笑顔を引っ込め、不愉快そうに言った。やがてお初も両国橋から人を搔《か》き分けてやって来る栄蔵とおふじの姿を認めた。

「あの男もきっぱり断りゃいいのに……そうは問屋が卸《おろ》さねェか。もてる男は辛《つら》いね。まるでわっちの若い頃とそっくり」

源蔵はお初を慰める代わりに、そんなことを言う。

「おふじさんは栄蔵さんの家と近所だから、おふじさんのおっ母さんに連れてってくれと頼まれたら、いやとは言えないのよ」

お初は栄蔵の立場を考えて応えた。

「あの娘も何を考えてんだか。決まったおなごのいる男に色目を遣っても仕方がないだろうに。この節の娘の考えはわからねェなあ」

源蔵はちくりと言ったが、栄蔵とおふじが目の前にやって来ると「よくここまで来られたねえ。ちょいと道中が骨だったろ？」と、労をねぎらった。

「あたし、帰りましょうって言ったのよ。それなのに栄蔵さんたら、お初さんが待っているからって聞かないのよ。もう、すっかりくたびれちゃった。あら、ここも満員ね。座る場所もありゃしない」

おふじは、いきなり嫌味を言う。おきんは奥から床几を持って来て席を作った。床几を軽々と担《かつ》いだおきんは大層、頼もしかった。

「気を揉《も》んだだろ？」

栄蔵はおふじに構わずお初に言葉を掛けた。

「少し……」

「両国橋は人で大変なもんだ。おいら、橋が落ちないかと、はらはらしたぜ」

「本当にね。昔、永代橋《えいたい》が落ちたことがあったそうよ。深川の八幡様の祭礼に人が押し掛けたせいですって」

「ああ。それならおいらも聞いたことがある。死人が千五百人も出たという話だ」

文化四年（一八〇七）に起きた永代橋崩落事件は、まだ人々の記憶に残っている。

「人の集まる場所に行く時は気をつけなきゃね」

お初は他人事《ひとごと》でもなく言う。

「その通りだ」

なかよく話をする二人に業《ごう》を煮やし、おふじはやけのように「玉屋ァ」と甲高《かんだか》い声で叫んだ。栄蔵は振り返って「おふじちゃん、あられ湯でも頼むかい」と訊いた。

「さっきから待っているのに、誰もお茶を運んで来てくれないのよ。あたし、喉《のど》がからからで死にそうよ」

おふじは大袈裟《おおげさ》に言う。お初は源蔵に「あられ湯、二丁」と声を張り上げた。

「あいよ」

源蔵はいそいそと仕度をする。

「お初ちゃん。近い内に、おいらの家に来てくれよ。お袋が会いたがっているんだ」

栄蔵はお初の耳に囁《ささや》いた。栄蔵の息が掛かる。お初はくすぐったそうに首を縮《ちぢ》めた。耳に口をくっつけるぐらいにしなければ、花火の音と辺りの喧騒《けんそう》で、ろくに話も聞こえない。

「ええ。それは構わないけど」

お初はとても嬉《うれ》しかったが、客のいる見世で脂下《やにさ》がった顔はできないので、湯呑を拭きながら、あっさりと応えた。

ちらりとおふじに眼を向けると、おふじは小意地の悪い顔でお初を見ていた。

「おまちどおさま」

おきんが盆にあられ湯を運んで来た。湯呑にはあられを掬《すく》う木の匙《さじ》がついている。おふじは吐息をついただけで、すぐに飲もうとはしなかった。

「どうしたい」

栄蔵はおふじの様子を気にした。

「だって、熱いんですもの」

おふじは甘えた声で言う。栄蔵はすぐさま、おふじの湯呑を取り上げ、匙で掻き回しながらふうふうと吹いた。

「さ、少しずつ飲みねェ。舌をやけどしねェようにな」

栄蔵は優しく言った。おふじはにッと笑い、嬉しそうに湯呑を受け取った。人に甘えるのが上手なおふじが、お初には羨《うらや》ましい。お初は、とてもそんな真似はできなかった。

「お初ちゃん、見ねェ。玉屋の流星玉簾《りゅうせいたますだれ》だ。相変わらず豪勢なもんだ」

栄蔵はお初の思惑など頓着《とんちゃく》することなく夜空を見上げ、ちょうど揚がった花火に感歎の声を上げた。お初は花火ではなく、栄蔵の横顔をそっと見つめた。顎《あご》に剃《そ》り残した鬚《ひげ》が疎《まば》らに生えている。大きなにきびができていたから、剃らずに、そのままにしていたのだろうか。細縞《ほそじま》の単衣に博多の夏帯をきりりと締めている栄蔵がお初の眼に好ましく映る。微《かす》かに蒸《ふ》かし飯《めし》のような体臭も感じられた。栄蔵の肌の匂いだ。息苦しいくせに、いつまでもその匂いを嗅《か》いでいたいと思う。

明石屋の軒行灯《のきあんどん》に照らされて栄蔵の眼がきらきらと光る。くっきりした二重瞼《まぶた》だ。お初はそっと眼を閉じた。栄蔵が自分の亭主になることが信じられない気持ちだった。

眼を開けると、栄蔵は笑ってお初の眼を覗《のぞ》き込んでいた。

「あまり、まじまじと見ないで。恥ずかしいじゃないの」

お初はつっけんどんに言う。

「そうけェ？　花火にのぼせたような面《つら》をしていると思ってよ」

（のぼせたのは花火ではなく、栄蔵さんによ）

お初は言えない言葉を胸で呟《つぶや》いた。


四つ（午後十時頃）近くになると、人で埋め尽くされていた両国橋も櫛《くし》の歯が欠けるように人影が減った。栄蔵はそれを潮に、おふじを伴って本所《ほんじょ》に戻って行った。

おしょうは、それより半刻《はんとき》（約一時間）先に帰った。見世を手伝ってくれた駄賃を源蔵が渡すと、おしょうは恐縮して最初は断った。

「おしょうちゃん。貰っておおき。また、頼むこともあるかも知れないから」

お初が口添えすると、おしょうはようやく嬉しそうに受け取った。裁縫の道具を買う足しにすると、源蔵に頭を下げた。

「なになに。そんなはした金じゃ、糸代にもならねェが、ま、わっちの気持ちだ」

源蔵は鷹揚《おうよう》な顔で笑った。

明後日《あさって》、お初は栄蔵の家を訪れることになった。髪を結い、よそゆきの着物に着替え、栄蔵の母親と会うのだ。栄蔵の母親はどんな人だろうか。優しい人なら嬉しいが。

お初は今から緊張していた。

人の去った後の広小路はゴミの山だった。

竹皮や竹串が路上に散らかり、どうした訳か下駄の片方まで落ちていた。持ち主はそのまま帰ったのだろうか。そう思うと笑いが込み上げた。

「やれやれ、明日は見世を開ける前に掃除をしなきゃならねェな」

源蔵はぶつぶつ文句を言った。

「お前さん。あたしとお初はひと足先に帰っているよ。後のことは頼んだよ」

お久が出て来て源蔵に声を掛けた。その後ろから政吉が疲れた顔で続いた。

「兄さん。顔色がよくないけど、疲れた？」

お初は政吉をねぎらうように言葉を掛けた。

「もう、死にそうだよ」

政吉は大袈裟に応える。

「明日の掃除はあたしがするから、兄さんは休んでいいよ」

「そ、そうかい？」

途端に政吉は嬉しそうな顔になった。

「その代わり、明後日は一日、見世にいてね。あたし、栄蔵さんの家に呼ばれているのよ」

「へえ。栄蔵のお袋に会うのけェ」

「ええ……」

「気に入られるようにしろよ。突っ張るんじゃねェぞ」

政吉は気の強いお初を心配して兄らしく言った。他の茶酌女達もお初と一緒に見世を出た。

「やれやれ。これで夏の行事も一つ終わった。だが、夏場は水茶屋の稼ぎ時だ。一人でも多く客を摑《つか》まえるんだよ」

お久は茶酌女達に檄《げき》を飛ばした。

二

本所二ツ目《ふため》の栄蔵の家まで女中のお春《はる》が同行した。お初は栄蔵の家の前まで来ると、お春に小銭を渡し、「帰りは栄蔵さんに送って貰うから、お前は家に戻っていいよ」と言った。

「大丈夫ですか、お嬢さん」

お春は心配そうだ。お春はお久が明石屋に嫁に来た時からいる女中だった。一度所帯を持ったこともあるが、姑《しゅうとめ》とうまくいかず離縁している。それからずっと米沢町《よねざわ》の家の台所を任されていた。お初が赤ん坊の頃、お春はお守りをしたこともあると言ったが、お初はもちろん、覚えていなかった。

「心配しなくていいよ。今日はほんのご挨拶《あいさつ》に来ただけだから」

お初は笑ってお春をいなした。

「でも、八百清《やおせい》のおかみさんは、噂《うわさ》ではきついお人らしいですよ。お嬢さん、くれぐれも言葉遣いにお気をつけて下さいまし」

「ええ、わかった」

「大口開けて笑うんじゃありませんよ」

笑い上戸のお初にお春は釘を刺す。

「お春。余計なことはお言いでないよ」

お初はむっとして口を返した。お春はくすりと笑って踵《きびす》を返した。

八百清は普通の青物屋と少し様子が違っていた。間口四間《けん》の店で土間口は広いが、並べられている青物の数は少なかった。その代わり、木箱が脇に幾つも積み重ねられていた。

八百清は大きな料理茶屋や居酒屋の客が多く、客の求めに応じて品物を揃《そろ》えるのがもっぱらだという。店に並べている青物は近所の人々の便利のために過ぎなかった。だから、派手な呼び込みをする奉公人もおらず、店はひっそりとしていた。

「ごめん下さい。明石屋の初ですが……」

お初は気後れを覚えながら訪《おとな》いを入れた。

ほどなく、店の屋号の入った半纏《はんてん》を羽織った栄蔵が笑顔で出て来た。

「おう。待ってたぜ。一人けェ？」

「ええ。うちの女中がそこまでついて来たのだけど、遅くなりそうだから帰したの」

「そうけェ。ささ、遠慮はいらねェ。中へ入っつくれ」

栄蔵は気軽にお初の手を取って、奥へ促《うなが》した。

茶の間はきれいに片づいて気持ちがよかった。中央に炉《ろ》が切ってあり、栄蔵の母親のおみのが、そこにきちんと座っていた。小さな女だったが、どことなく威厳のようなものを感じた。並の青物屋の女房とは違っている。

それもそのはず。おみのは深川の材木問屋の娘だった。栄蔵の父親の友蔵《ともぞう》と相惚《あいぼ》れになり、親の反対を押し切って一緒になったそうだ。たかが青物屋と罵《ののし》るおみのの父親を見返すために、おみのは友蔵を商売に励ませた。

お蔭で八百清は本所では指折りの店になったが、友蔵は中風《ちゅうぶう》でいけなくなり、栄蔵の妹も病《やまい》で亡くなり、おみのは栄蔵と二人で寂しく暮らしていた。

「明石屋の初と申します。よろしくお願い致します」

お初はおみのを前にすると、三つ指を突いて深々と頭を下げ、携《たずさ》えた菓子折を差し出した。

「お初さんかえ。栄蔵の母親ですよ」

おみのは皺《しわ》深い顔を僅《わず》かにほころばせた。

色の白い女である。きれいな二重瞼の眼は栄蔵とよく似ていた。

「お家のご商売は水茶屋さんとか……」

おみのは、お初の家の事情に、さり気なく探りを入れる。

「ええ。祖父の代から商っております。あたしは家の商売があまり好きじゃありませんが」

「おや」

おみのは、きゅっと眉《まゆ》を持ち上げ、怪訝《けげん》な表情になった。

「それはどうした訳だえ」

「どうした訳と言われても……」

お初は言葉に窮《きゅう》した。

「おっ母さん。お初ちゃんは真面目だから、客に愛想をするのが苦手なんだよ。だが、家の手伝いはしなきゃならねェ。お初ちゃんのてて親は、お初ちゃんのこと、仏頂面《ぶっちょうづら》で愛想なしだとこぼしていた」

栄蔵は冗談混じりに口を挟んだ。いつ栄蔵は、そんな話を源蔵としたのだろうか。お初は内心で驚いていた。

「商売となったら、客に愛想をするのは当たり前だ。お初さんは、それでおまんまを食べているのだからね。文句を言ったら罰《ばち》が当たるよ」

おみのはやんわりとお初を窘《たしな》めた。台所で人の気配がすると思ったら、盆に湯呑をのせて若い娘が現れた。お初はその顔を見て、心ノ臓《しんのぞう》が飛び出そうなほど驚いた。おふじだった。

「お、おふじさん。どうしてここへ？」

お初は内心の動揺を押し隠して訊いた。

「小母《おば》さんから頼まれたのよ。今日は女中さんが、どうしても外せない用事があっていないから」

おふじはしゃらりと応える。これでは話も何もできないと思った。お初は自然に不機嫌になるのをどうしようもなかった。縁日や花火大会におふじが栄蔵について来るのは仕方がない。しかし、内輪の話にまでおふじが首を突っ込むのは承服できなかった。そっと栄蔵を見ると、栄蔵は苦笑いした。それを見て、お初は腹が立った。

「申し訳ありません。あたし、これでお暇《いとま》させていただきます」

そう言ったお初に栄蔵は慌てた。

「昼飯を用意しているんだ。何もそう慌てて帰らなくても」

「花火大会の後始末で見世が忙しいの。今日は栄蔵さんのおっ母さんに、ほんのご挨拶をするだけだったから。おっ母さん、お邪魔致しました」

頭を下げたお初に「あたしはまだ、あんたからおっ母さんと呼ばれる筋合《すじあい》はないよ」とおみのは応えた。お初の胸は凍った。ものも言わず、飛び出すように外へ出た。そのまま、お初は走った。

悔しさに涙も込み上げる。お初は泣きながら両国橋へ走った。

「お初ちゃん、待ってくれ。お初ちゃん」

栄蔵が後を追って来る声が聞こえた。お初は立ち止まらなかったが、栄蔵の足には敵《かな》わない。元町の手前で追いつかれた。

「悪かったよ、おふじちゃんを呼んだりして。だけど、おふじちゃんは何かとお袋の話し相手になってくれるんで、おいらもはっきり断ることができなかったんだよ」

「今日は事情が違うじゃないの。あの人がいたら込み入った話なんてできないじゃないの。聞き耳立てて、それでよそに喋《しゃべ》って歩くわ」

「おふじちゃんは、そんな娘じゃねェよ」

おふじを庇《かば》う栄蔵に怒りが衝《つ》き上がった。

「そんなにおふじさんがいいなら、おふじさんと一緒になればいいのよ。栄蔵さんのおっ母さんも気に入っている様子だし」

言った途端、お初の頰が鳴った。

「いい加減にしねェか。ばかばかしい」

「何がばかばかしいのよ。それを言うのはこっちの方よ」

お初は負けずに言い返した。通り過ぎる人々は何事かとこちらを見ている。栄蔵はそれに気づくとお初の着物の袖を引き、回向院《えこういん》の境内《けいだい》へお初を促した。

欅《けやき》の樹《き》の下は日陰ができていた。栄蔵はその下で足を止め、深いため息をついた。

「おいらが、おふじちゃんにその気があるなら、とっくに所帯を構えていらァな」

栄蔵は怒気を孕《はら》ませた声で言った。お初はしゃがんで涙を拭《ぬぐ》い、自分の影を見つめた。

「おふじさん、栄蔵さんのこと好きなのよ。だから、あたしのことを、ひどく気にするのよ。おふじさんが裁縫の稽古所に通うようになったのも、あたしがいるからよ」

「おふじちゃんは一人娘だ。婿《むこ》を取らなきゃならねェ。おいらにゃ店がある。一緒になるのはできねェ相談だ。そいつはおふじちゃんもよっくわかっていることだ。お前《め》ェのことを気にするのは、お袖《そで》の代わりになろうと思っているだけだよ」

「お袖さんって？」

お初は首をねじ曲げて栄蔵に訊いた。

「死んだ妹のことよ。おふじちゃんとなかよしだったんだ」

「そう……」

それで少しだけ納得した気がした。すると、おみのに剣突《けんつく》を喰《く》わせる形で帰ってしまったことが俄《にわ》かに悔やまれた。

「栄蔵さんのおっ母さん、きっと、あたしのこと、呆《あき》れているわね。どうしよう」

お初は立ち上がり、心細い顔で言った。

「初めてお初ちゃんに会ったから、お袋も硬くなっていたんだろう。それは後でおいらがうまく言っておく」

「頼むわね。嫌われるのは辛いから」

そう言うと、栄蔵はふっと笑った。

「さて、小腹が空いてきたぜ。元町にうまい蕎麦《そ ば》屋がある。蕎麦でも喰おうぜ」

栄蔵は屈託のない笑顔でお初に言った。

三

裁縫の稽古所でおふじと顔を合わせるのは辛かった。それで二、三日、ほとぼりを冷ますつもりで稽古を休み、お初は両国広小路の見世を手伝っていた。

政吉は友人達と釣りに出かけた。それはいいとして、なぜか茶酌女のおせんも用事があると言って見世を休んだ。お初は二人が示し合わせて、どこかへ行ったような気がしてならなかった。

「おはんさん。おせんさんが見世を休むことで何か聞いている?」

お初はもう一人の茶酌女のおはんに訊いた。

「さあ」

おはんは気のない返事をした。

「まさか、兄さんと一緒ってことはないでしょうね」

「おお、こわ」

おはんは大袈裟に首を縮めた。

「ふざけないで。あたし、兄さんのことが心配なのよ。二人が真面目に所帯を持ちたいって言うなら、それはそれで結構なことだと思っているのよ。でも、こそこそつき合うのは感心しない」

「真面目にねえ……」

おはんは含み笑いを堪《こら》える表情になった。

それからひと呼吸置いて、「お初ちゃん。あの二人に真面目なんて言葉、通用しませんよ。若旦那は、しょっちゅう、病で倒れるし、おせんさんは男にゃ、さんざん苦労させられてきた。先のことを考える余裕なんてありませんよ。その日その日をおもしろおかしく暮らせたら、何もいらないんじゃないですか」と続けた。

「そんな」

根無草《ねなしぐさ》のような暮らしをしていても、どうなるものではないと思う。言葉に窮したお初に、おはんは薄く笑った。その笑いが小憎らしい。

「おはんさんもそうなの？」

お初は試すように訊く。

「え？」

おはんは虚を衝かれた顔になった。

「あんたも一日、おもしろおかしく暮らせたらいいと思っているの？」

「あら、あたしに矛先《ほこさき》が回ってきた。とんだやぶへびだ」

おはんはお初の問い掛けをさり気なく躱《かわ》した。

「お嬢さん。人は人ですよ。若旦那のことも、おせんさんのことも放っておきなさいまし。子供でもあるまいし、手前《てめ》ェのことは手前ェで始末をつけますよ」

おきんが口を挟んだ。

「たまにはいいことを言うじゃないの。伊達《だて》に身体が大きいだけじゃないのね」

おはんは嫌味な言い方をした。その後でなじみの客が来たので、おはんは「あーら、旦那。お久しぶり。どこでどうしていらしたんですか。あたし、寂しかったんですよう」と鼻声を出した。お初はため息をついて茶の用意を始めた。

その日の午後。ちょうど裁縫の稽古が終わった頃におしょうが明石屋にやって来た。

「お初ちゃん。栄蔵さんのおっ母さんを怒らせたんだって？」

おしょうは急いで来たらしく、鼻の頭にけし粒《つぶ》のような汗を浮かべていた。

「おふじさんが言っていたの？」

お初は確かめるように訊き返した。

「ええ。おっ師匠《しょ》さんに、聞こえよがしに喋っていた。おっ師匠さんも大層、心配していたよ」

「おふじさんは、あたしのこと何んて言っていたの」

「栄蔵さんの家に着いて、栄蔵さんのおっ母さんの顔を見た途端、用事があるから帰るって言ったんですってね。それ、本当？」

　確かに栄蔵の家には小半刻《こはんとき》（約三十分）もいなかった。お初は仕方なく肯《うなず》いた。

「おまけに、まだ嫁でもないのに、おっ母さん、おっ母さんと呼び掛けて、それにも栄蔵さんのおっ母さんは肝《きも》が焼けたようだって」

「…………」

　お初は何も応えられず俯《うつむ》いた。思い出して涙ぐんだ。

「こら、おしょうちゃん。お嬢さんを苛《いじ》めちゃ駄目じゃないか」

　おきんは二人の様子を見て、おしょうを叱った。

「あたし、別にお初ちゃんを苛めてなんかいないよ。おふじさんの話を聞いているだけじゃ、さっぱり埒《らち》が明《あ》かないから、こうしてやって来たのさ」

　おしょうは言い訳する。

「お嬢さん。向こうで何があったんですか」

おきんは真顔になって訊いた。

「栄蔵さんの家におふじさんがいて、お茶なんて出すのよ。親戚でもないのにそんなことをするおふじさんに腹が立って、あたし、そそくさと暇乞《いとまご》いしたの。その時、栄蔵さんのおっ母さんに何気なく、おっ母さん、お邪魔しましたと挨拶したのよ。確かに嫁でもないのにおっ母さんと呼ばれたら、向こうは、いい気持ちはしなかったでしょうよ」

お初は低い声で応えた。

「おふじさん、自分がそこにいたなんて、これっぽっちも言っていなかったよ」

おしょうは驚いた顔で言った。

「人は何んでも手前ェの都合の悪いことは喋らないものさ。あたしもこれで合点《がてん》した。そうだよ、お嬢さんが理由もなしに礼儀知らずなことをするはずがないもの」

おきんは安心したように笑った。

「それなら、早くお稽古に出ておいでよ。おふじさんが勝手なことを言ったら、びしっ、と言い返してやらなきゃ」

おしょうはお初を励ます。

「うん。わかった。明日はお稽古に行く」

おふじが何を言おうと、栄蔵は自分を女房にすると決めている。お初が悩む必要は少しもないのだ。そう思うと、不思議に元気が出た。日盛りの広小路は気がつけば蟬《せみ》時雨《しぐれ》がかまびすしい。

「おきんさん。おしょうちゃんにお茶をご馳走してあげて」

「はいッ」

おきんは張り切って応えた。

その夜。政吉は家には戻って来なかった。

お久は何かあったのだろうかと気を揉み、とうとう一睡もできなかった様子だった。

四

政吉は明六《あけむ》つ（午前六時頃）の鐘が鳴った後に戻って来た。

「昨夜《ゆんべ》、調子に乗って飲んでいたらよ、町木戸が閉まっちまったのよ。仕方ねェからダチのヤサ（家）に泊まったわな」

政吉は家を空けた理由を言い訳した。お初はお春を手伝い、朝飯の用意をしていたところだった。政吉は嘘《うそ》をついていると、お初は内心で思ったが何も言わなかった。お久も「心配したんだよ。どこかで具合を悪くしているのじゃないかと思ってさ」と、やんわり言っただけだった。ところが、源蔵は立ち上がると、いきなり政吉を殴りつけた。

「何するんだ！」

政吉は一瞬、よろめいたが甲走《かんばし》った声を上げた。味噌汁の味見をしていたお初の手が止まった。

「ダチのヤサに泊まっただァ？　いい加減なことを言いやがる。手前ェ、昨日は浅草の奥山《おくやま》をおせんと二人でうろついていただろうが。佐平次《さへいじ》に見られていたのに気づかなかったのか！」

佐平次は口入れ屋《くちいれや》（周旋業）をしている源蔵の友人のことだった。

「ちくしょう、余計なことを喋りやがって」

政吉は佐平次に怒りを露《あら》わにした。それで源蔵はなおさら頭に血が昇ったようだ。加減もせずに政吉を殴る。政吉は応酬するも源蔵の力には敵わなかった。仕舞いには鼻血を出した。

「お前さん、やめておくれ。政吉はようくわかったから。これ、政吉、お父っつぁんに謝るんだ。お前が悪いんじゃない。悪いのはおせんだ。それはあたしもわかっているよ」

お久は金切り声で政吉を庇う。

「お父っつぁん、やめて。ただ殴ったたって駄目よ。肝腎《かんじん》なのは、兄さんとおせんさんが、どうして見世を休んで遊びに行ったのかってことでしょう」

お初は、見かねて口を挟んだ。

「んなこと、わかり切っていらァな。こいつ等は盛りのついた猫よ」

源蔵は吐き捨てる。お久はすぐさま鼻血の手当てをした。

「兄さん、応えて。どういうつもりなの」

お初は政吉に向き直った。

「うるせェ」

政吉は、そっぽを向いた。

「おせんさんが心底、好きなの?」

そう言うと政吉は、つかの間《ま》、真顔になった。

お初の言ったことは図星なのだろうか。だが、お久は「何、ばかなことを言ってる」とお初を制した。

おせんは政吉より年上で、亭主を二度も替えている。そんな女を政吉が相手にする訳がないと、お久は母親の立場で思いたがっている。

「兄さん。真面目に応えて。あたし、兄さんが本気でおせんさんと一緒になりたいのなら反対しない。でも、遊びだったら許せない」

「お初。もういいよ。そんなこと政吉に訊いたところで無駄というもんだ」

源蔵もお初を制した。

「兄さん！」

お初は政吉の袖を引っ張って揺すった。政吉は俯いて、とうとう何も応えなかった。

お初は裁縫の稽古所へ行く前に、広小路の見世へ寄った。三人の茶酌女は見世を開ける準備で忙しく動き回っていた。お初は、まっすぐにおせんの傍《そば》に行った。

「おせんさん。兄さん、お父っつぁんに殴られたのよ。昨日、おせんさんは兄さんと一緒だったんでしょう？」

お初がそう言うと、おせんはそっと視線を逸《そ》らした。

「若旦那とは、たまたま道でばったり会って、それで軽く飲んだだけですよ」

「嘘。だったら、どうして一緒に帰って来なかったのよ。兄さん、夜更かしすると具合が悪くなるのよ。それはおせんさんもよく知っているじゃないの」

「若旦那に引き留められたんですよ。あたしは帰ろうって何度も言ったんですから」

「そう。それならそれでいいわ。でも、ひと晩、家を空けるなんて感心しない。世間の目もあることだし」

「お初ちゃん。見世の外のことまで、あれこれ口を挟まないで下さいな。お節介にもほどがある」

おせんは不愉快そうに応えた。

「だけど、相手はあたしの兄さんなのよ。黙っている訳にはいかない」

「兄さん、兄さんって、きょうだい思いだこと。一緒に暮らし始めて、まだ三年ほどにしかならないのに」

おせんは皮肉な調子で言う。

「兄さんは兄さんじゃないの」

「さあ、それはどうでしょう。本当のきょうだいかどうかは、旦那とおかみさんしか知らないことだし……」

おせんの言い方は、まるで政吉と自分の血が繋《つな》がっていないように聞こえた。お初の頭に血が昇った。

「どういう意味よ。はっきり言いなさいよ」

お初はおせんの着物の袖を摑んだ。

「やめて下さい」

おせんは邪険にお初の手を払い、お初に背を向けた。お初は怒りのあまり、その背を突き飛ばした。つんのめったおせんは床几の角に額《ひたい》をぶつけ、悲鳴を上げた。

「やりやがったな」

振り向いたおせんの額が切れていた。

「お嬢さん。もう、およし」

おきんがお初の前に立ちはだかり、太い腕で制した。

「教えてやろうじゃないか。あんたはね、広小路で野垂れ死にした、どこの馬の骨ともわからない女が産んだ子なんだ。旦那が同情して引き取ったが、おかみさんはずっと反対していた。それで旦那は小梅《こうめ》村にあんたを預けたんだ。年頃になって見世の手伝いぐらいできるようになったから、こっちへ呼び戻したんだよ」

おせんは悔し紛《まぎ》れにまくし立てた。お初はおせんの言葉で目の前が真っ暗になった。裁縫道具をそのままにして、明石屋を飛び出した。お嬢さん、お嬢さん。おきんが後を追って来たが、お初は振り向かなかった。

お初はどこをどう歩いたのか、よく覚えていなかった。栄蔵の所に行きたかったけれど、この間のことがあるので、それはできなかった。

気がつけば、お初は十四まで暮らした小梅村に来ていた。

小梅村は本所の横川《よこかわ》の東にある村である。

周りはどこもかしこも田圃《たんぼ》だった。緑の田圃の中に民家が縮こまったように建っている。

遠くに眼を向ければ本法寺《ほんぽうじ》の甍《いらか》が見えた。

お初は自然に住んでいた茅葺《かやぶ》きの家の前に向かった。

家は以前のまま、そこにあった。しかし、その家にお初は入って行けないのだ。あたしの家だったのに、ずっと住んでいたのに。

理不尽な思いがした。その家の中の景色は、今でもはっきり覚えている。土間口を入ると赤茶色の土を踏み固めた三和土《たたき》がある。上がり框《かまち》の左側に仏間と養父母の寝間がある。正面は十畳の茶の間だ。真ん中に囲炉裏《いろり》があり、襖《ふすま》を隔《へだ》てて、その奥が板の間と台所だ。養母のお留《とめ》が癇症《かんしょう》に雑巾掛けをするので、板の間はいつも黒光りしていた。台所は土間に竈《へっつい》と流しが設えてあり、竈の壁には荒神《こうじん》様のお札が貼ってあった。

横の砂壁には養父の捨蔵《すてぞう》が使う蓑《みの》と笠が下がっていた。野良仕事に使う鋤《すき》や鍬《くわ》も立て掛けられていた。畑仕事を終えた捨蔵は裏の井戸で使った道具を水洗いした。ついでに肌脱ぎになって汗を拭った。顔や首は陽灼《ひや》けしていたのに、胸は驚くほど白かった。乳首に毛が生えていて、お初は、その毛を引っ張ったりした。大袈裟に「イテテ」と顔をしかめた捨蔵。もう、その顔を見ることはできない。捨蔵もお留もこの世にはいないのだ。

茶の間の梯子《はしご》段を上れば、二階はお初の部屋だ。天井の低い屋根裏部屋だが、夜になると星が見えた。雨になりそうな時は蛙がケロケロと鳴いた。お初は切ないほどの懐かしさを感じながら、その家を見つめた。

ふと、裏口から籠《かご》を背負った若者が出て来たのに気づいた。若者は立っているお初を怪訝な眼で見たが、すぐに「お初。お初だろ？」と笑顔で言った。若者はお初の幼なじみの石松《いしまつ》だった。

「石松……」

お初は地獄で仏に会ったように安心感を覚えた。自分の家に見知らぬ他人が入り込んでいるとばかり思っていた。だが、石松の家になったのなら、再び、家の中に入ることもできる。

「ここ、今は石松が住んでいるんだね」

お初は確かめるように訊いた。

「おうよ。捨蔵爺《じ》ィが死んでから、親戚がこの家のことで揉めてよ、大変だったんだぜ。おいらの親父がなけなしの銭をはたいてこの家を買い、それを親戚で分けることで、ようやく収まったのよ」

「もとの家は？」

「ああ。そっちは店賃《たなちん》を取って若夫婦に貸している。だから、十年ぐれェ経《た》ったら、この家を買った銭は取り戻せるだろう」

「よかったね」

「ああ。ところで今日はどうしたのよ。捨蔵爺ィの墓参りか」

「ううん。ちょいといやなことがあって、家を飛び出しちまったのさ。だけど、行くあてなんてありゃしない。そしたら、足が自然にこっちへ向いたんだよ」

「何やってんだよ。くたびれただろ？　上がって休みな」

石松はそう言ってから「おっ母さん、おっ母さん。お初が来た」と中へ声を掛けた。

野良着姿の石松の母親と若い娘が慌てて出て来た。若い娘はお初の知らない顔だった。

「誰？」

お初は、小声で石松に訊いた。

「嬶《かか》ァよ」

石松は照れた顔で応えた。お初は石松の肩を笑いながら突いた。

「いつ、祝言を挙げたの？」

「去年。押上村《おしあげ》の祭りに見物に行って引っ掛けた。嫁になれって言ったら、尻尾《しっぽ》振って、やって来た」

石松は冗談に紛らわす。お初は声を上げて笑った。

「お初ちゃん。まあ、久しいねえ。元気でいたのかえ」

石松の母親のおくめが眼を細めた。おくめはお初が米沢町に行った頃とさほど変わっていなかった。

「小母さん、こんにちは。石松、祝言を挙げたそうで、おめでとうございます」

「なになに。ちょっと早いと言ったんだが、この二人はもう、すっかりその気になっちまって。それでお父っつぁんと相談して一緒にさせたんだ。ささ、お初ちゃん。中へ入ってお茶でも飲んでゆきな」

「ええ。おかみさん、お邪魔していい？」

お初は石松の女房に訊いた。

「どうぞ、どうぞ」

「あたしは初です。以前、この家に住んでいたのよ」

「まあ、そうですか。石松の女房のあきです」

おあきは涼し気な眼をしていた。まだ丸髷《まるまげ》が板に付かない感じが初々しい。

茶の間に促され、お初は漬物と茶を振る舞われた。ずっと歩いて来たので、茶も漬物もお初をほっとさせた。お初は、家のあちこちを懐かしそうに眺めた。家具の配置は変わっていたが、柱や障子は三年前の面影を留《とど》めていた。

「お初ちゃん。あんた一人でここまで来たのかえ」

お初が落ち着くと、おくめは心配そうに訊いた。

「おっ母さん。お初はいやなことがあって、家をおん出て来たんだと」

石松は口を挟んだ。

「それじゃ、明石屋の旦那もおかみさんも心配してるんじゃないのかえ。石松、ひとっ走りして、あっちに知らせておやりよ」

「いいの。ひと休みしたら帰るから。実は小母さんに訊きたいことがあるのよ」

お初は俯きがちに言った。

「何んだえ」

「そのう……」

おあきの手前、すんなり言葉が出て来ない。

おあきはお初の気持ちを察して「おっ姑《か》さん。あたし、畑で茄子《なす》をもいで来る。お初さんのお土産にしたいから」と言った。

「ああ。それがいい」

「よし、おいらも手伝う。お初、お袋に何んでも相談するこった」

石松も腰を上げた。なかよく外へ出て行った二人を見て「小母さん。石松は倖せそうだね」と、お初は、しみじみ言った。

「お蔭さまで。仲がいいのさ、とっても」

「よかったこと」

「それはいいけど、話ってのは？」

おくめは急須に湯を注ぎながら訊いた。

「あたし、本当は明石屋の娘じゃないんでしょう？」

「ええっ？」

「うちの見世の茶酌女が、そう言ってた。広小路で野垂れ死にした女がいて、その女の産んだ子があたしだって」

おくめは、つかの間呆気《あっけ》に取られた顔をしたが、その後で噴《ふ》き出すように笑った。

「笑い事じゃないのよ、小母さん」

お初は、むっとしておくめを睨《にら》んだ。

「お初ちゃん。あんた、担《かつ》がれたんだよ」

「担がれた？」

「まともに考えればわかりそうなもんじゃないか。野垂れ死にした女が子を産める訳がないよ。親が死ねば、腹の子も死ぬんだよ」

「…………」

それでもお初は納得できなかった。おせんは冗談を言ったようには思えなかった。

「明石屋の旦那がここへお初ちゃんを連れて来た時、お留さんが言っていたよ。旦那とお初ちゃんはおみきどっくりだってね。それほどよく似ていたんだよ」

「本当？　小母さん、本当？」

お初は縋《すが》るように訊いた。

「ああ。だからさ、余計なことを考えるんじゃないよ」

「うん……」

安心すると涙が込み上げた。

「お茶、お飲み」

おくめは茶のお代わりを勧めた。

「お初。明石屋の旦那が迎えに来たぞ」

石松が甲高い声を上げながら、家に戻って来た。

「ほら。旦那は心配して探しに来たんだ。お初ちゃんがここにいること、てて親じゃなけりゃ見当はつかないよ」

おくめは優しく言った。

「やれやれ。歩いた歩いた」

源蔵は呑気《のんき》な声で入って来た。お初は源蔵の横に栄蔵が立っていたのに驚いた。

「栄蔵さん。どうしてここへ？」

「親父さんが血相を変えておいらの所へ来たのよ。お初ちゃんがいないかってね。それで二人であちこち探したよ。最後になって、もしかして小梅村に行ったのかも知れないって話になり、こっちに来てみたんだ。案の定だったよ」

「ごめんなさい」

お初は殊勝《しゅしょう》に謝った。

「お初。おせんが妙なことを言ったんだってな」

源蔵は着物の裾の埃《ほこり》を払う仕種《しぐさ》をしてから座敷に上がった。栄蔵にも「遠慮しねェで、お前ェも上がれ」と促す。栄蔵はこくりとおくめに頭を下げて自分も雪駄《せった》を脱いだ。

「おせんさん、あたしがお父っつぁんとおっ母さんの子じゃないって言ったのよ。広小路で野垂れ死にした女が産んだ子だって」

お初は言い訳した。

「何言ってんだか、あのおなごも」

源蔵は呆れた声になり、勝手にお初の前の丼《どんぶり》から漬物を摘《つま》んだ。大根の浅漬けだった。

「うまいねえ、おくめさん。これ、あんたが漬けたのかい」

「いいえ。うちの嫁ですよ」

「嫁？　石松のかい？」

「ええ」

「こりゃ、たまげた。石松、お前ェ幾つになった」

「お初と同い年ですよ、旦那」

石松はおずおずと応える。

「何んとまあ、気の早ェ……じゃなくて、わっちが年を取ったってことか」

源蔵は大袈裟にため息をついた。

「お父っつぁん。おせんさんの傷、大丈夫？」

お初は心配になって訊いた。

「ああ。大したことはないよ。だが、傷が治るまで見世には出られないだろう。お初、お前ェ、罪滅ぼしに見世を手伝いなよ」

「わかった……」

「昔、広小路で赤ん坊を産んだ女はいたんだよ。ちょうど、お前が生まれた頃のことだ。それで、一時、そんな噂が流れたのさ。おせんは誰かにその噂を聞いたんだろう。それで腹立ち紛れに言ったんだよ。そんなことで落ち込むなんざ、お前ェらしくもねェ」

「あの時は頭に血が昇っていたから、訳がわからなくなったの」

「お前ェは紛れもなく、わっちとお久が拵《こしら》えた娘だよう」

源蔵はお初を安心させるように言った。

おあきが茄子を持って戻って来た。源蔵と栄蔵に頭を下げたが、その後で栄蔵をまじまじと見た。

「栄ちゃん、栄ちゃんじゃない？」

言われて栄蔵もまじまじとおあきを見る。

「おあき坊か？」

自信のない様子で訊く。おあきはこくりと肯いた。

「へえ。二人は知り合いなんだ」

源蔵は驚いたように栄蔵とおあきを交互に見た。

「親父さん。おいらは餓鬼《がき》の頃、押上村に預けられていたんですよ。おあき坊は近所に住んでいて、しょっちゅう、遊んだものだ」

「お医者さんごっことか」

源蔵はすぐに品のない冗談を言う。お初は源蔵の膝《ひざ》を叩いた。

「ま、こんなことでもなきゃ、なかなか小梅村まで来られなかったよ。おくめさんも石松も、うちの見世を通り掛かった時は寄ってくんない」

源蔵は鷹揚に言った。

晩飯を食べて行けと勧めるおくめを、やんわり断り、三人は半刻後、暇乞いした。土産に茄子を笊《ざる》ごと貰った。栄蔵は途中でお初の手から笊を取り上げて持ってくれた。

「お前さあ、おなごなんだから、あんまりカッカするんじゃないよ。ろくなことにならないからね」

源蔵は短慮な行動をしたお初を窘めた。

「ええ。ようくわかってる」

「栄蔵のお袋さんにも、改めて挨拶に行きな」

「………」

「親父さん。お袋はもう、気にしていませんから」

栄蔵は慌てて口を挟んだ。

「栄蔵。お前ェもさあ、あのおふじって娘を了簡《りょうけん》させなきゃ駄目だよ。お初と所帯を持ったはいいが、何んの彼《か》んのと首を突っ込まれたら、いい迷惑だ。それは言っておくぜ」

源蔵はお初の父親らしく栄蔵に釘を刺した。

「へい。承知致しやした」

緑の田圃に夕陽が当たっている。のどかな田園風景だ。道端の桜の若樹《わかぎ》の傍を通った時、お初の肩が何気なく、その樹に触れた。すると、とんぼによく似た二寸ほどの虫が飛び立った。

「あら、もうとんぼが飛んでいるのかしら」

お初は不思議な気持ちで呟いた。

「お初ちゃん。あれは薄羽《うすば》かげろうだよ」

「薄羽かげろう？」

「ああ。とんぼに似ているが、ちょいと違うんだ。樹にとまっていると、ほとんど気がつかねェのよ」

薄羽かげろうは、つかの間、ふわりと辺りを漂ったが、また樹に戻った。栄蔵の言った通り、どこにいるのかよくわからない。はかなげな薄羽かげろうは、その時の自分のようだと、お初は思った。力強く飛ぶこともせず、木肌と同化して人の目を欺《あざむ》く姑《こ》息《そく》な虫だ。

「わっち、餓鬼の頃、薄羽かげろうを飼ったことがあるよ。餌《えさ》なんてやらなくても、水だけで結構、生きていたな」

源蔵は思い出したように言った。

「親父さん。おいらも飼ったことがありやすよ」

栄蔵は嬉しそうに応えた。

「餓鬼の頃は何んだって、あんなに虫が好きだったんだろうね。気がつきゃ、手前ェが悪い虫になっていた、なんちゃって」

源蔵の冗談に栄蔵はカカと笑った。そんなふうに笑った栄蔵をお初は初めて見た。

「お初。だけどねえ、薄羽かげろうは結構、いけすかねェ虫なんだよ」

源蔵は歩みを進めながら言葉を続けた。

「どうして？」

「だってさあ、幼虫の時は蟻地獄《ありじごく》なんだよ。土ん中にもぐって、蟻を喰ってたのさ。ちょいと信じられねェだろ」

「………」

お初は憮然《ぶぜん》とする気持ちだった。今のお初が薄羽かげろうなら、小梅村で暮らしていた頃の自分は蟻地獄だったのか。それでは犠牲となっていた蟻にたとえられるのは何んだろうか。お初は考えたが、どうしてもわからなかった。

「何考えてる」

栄蔵はお初の顔を覗き込む。

「別に」

「お初ちゃんは蟻地獄じゃねェよ」

栄蔵は笑って言った。この人は自分の気持ちが読めるのだろうか。お初は妙な気分になって足許に視線を落とした。

明日からは誰の言葉にも揺れない強い自分になろう。お初は西の空を赤く染めている夕陽を眺めて心に言い聞かせていた。

五

持ち帰った茄子にお春は大喜びだった。栄蔵は「青物屋が茄子を貰っても仕方がねェ」と言って、自分の家には持って帰らなかった。お初はそれもそうだと納得したものだ。

政吉はおせんの見舞いに行ったらしい。

自分も言い過ぎて、お初を怒らせてしまったから、どうぞあまり気にするなと、おせんは政吉に言ったという。お初は少しだけ、ほっとした。

その夜、夜半に遠くで半鐘の音がしたが、お初は昼間の疲れもあり、ほとんど、それには気づかず、朝までぐっすり眠っていた。

明六つの鐘が鳴るには相当の間があった朝まだき。

梯子段を荒々しく上って来る足音が聞こえたと思った途端、お初は夏掛けをいきなり引き剝《は》がされた。

「お初。てェへんだ。栄蔵の店が火事になったらしい」

政吉はひゅうひゅうと喉の奥から息洩れした声で早口に言った。

「何んですって！」

お初はあまりのことに動転した。眠気はいっぺんに覚めた。

「そ、それで、店はどうなったの？　栄蔵さんと小母さんは無事なの？」

お初は立て続けに政吉に訊いた。

「わからねェ。だが、一人、死人《しびと》が出たって話だ」

お初は立ち上がり、着替えを始めたが、歯の根が合わないほど震えていた。死人は誰だろう。それが誰であっても、お初にとっては衝撃だった。お初はなぜか罰が当たったと思った。おふじに嫉妬したこと、おせんに乱暴を働いたことの罰だと思った。自分のしたことは、いずれ自分に返って来ると、里親の捨蔵は言った。まさに、それが現実になったのだと。

「お初」

源蔵も心細い顔で梯子段を上がって来た。

「お父っつぁん」

お初は泣きそうな声を上げた。

「本所に行くけェ？」

「うん。お父っつぁん、一緒に行ってくれるよね」

「ああ。昨日の今日だぜ。まさか、あれから火事になるなんざ、お釈迦《しゃか》様でもご存じあるめェってものよ」

「こんな時、冗談なんて言わないで」

お初は洟《はな》を啜《すす》り、その時だけぴしりと言った。

八百清は丸焼けになっていた。八百清だけでなく、二ツ目界隈はすべて焼けていた。死人は栄蔵の母親だった。煙を吸っていけなくなったらしい。栄蔵は倒れた母親を必死で外まで連れ出したが、その時、すでに母親の息はなかったらしい。戸板にのせて町医者の所へは運んだが、栄蔵は母親が助からないことを承知しているふうだったという。

栄蔵は、しばらく焼け跡を眺めていたそうだが、その内にふっと姿が見えなくなった。

母親の葬儀の準備もあるので、その内に現れるだろうと近所の者も思っていたようだが、栄蔵はお初と源蔵が駆けつけても、依然として姿を現さなかった。

お初は源蔵を焼け跡に待たせておふじの家を訪れた。もしかして栄蔵はそこに身を寄せているかも知れないと思ったのだ。

「お初さん……」

おふじは意外そうな顔でお初を見た。

「栄蔵さんは、こちらに来ていませんか」

「いいえ」

「どこに行ったのか知りませんか」

「さあ」

「いないんですよ。どこにも」

お初は悲鳴のような声を上げた。

「八百清さん、丸焼けになっちまったものね。栄蔵さんも気落ちして雲隠れしてしまったのかしら」

おふじは他人事のように言う。あれほど栄蔵にまとわりついていたくせに、その時のおふじは妙に冷淡だった。おふじの家も台所に火が回り、煮炊《にた》きができない状態だった。大工が入って手直しする間、おふじの家族は向島《むこうじま》の寮（別荘）へ移るという。

「そうですか。お邪魔しました」

お初は意気消沈して踵を返した。

「お初さん。八百清はもうお仕舞いよ。あんたもすっぱり栄蔵さんのことは諦《あきら》めたら？」

そう言ったおふじに、お初はゆっくりと振り返った。

「あたしがどうするも、こうするも、あんたの指図なんて受けない。勝手なことは言わないで！」

お初は怒鳴るように言うと、おふじの家を飛び出した。冷静にならなければいけないと思いながら、どうしてもそれはできなかった。

栄蔵さん、栄蔵さん。早く顔を見せて。家が丸焼けになっても、あたしはあんたのことを諦めたりしない。お父っつぁんがきっと力になってくれる。道が立つようにしてくれる。

だから、栄蔵さん。早く現れてあたしを安心させて。もう我儘《わがまま》は言いません。手前勝手なこともしません。いい着物も簪《かんざし》もほしがりません。栄蔵さんが傍にいてくれたら、あたしは滅法界《めっぽうかい》もなく倖せなのよ。それに今、気づいたの。だから栄蔵さん……。

お初は胸の中で叫んだ。

源蔵は所在なげに雪駄の先で炭のようになった柱を突っついていた。

「栄蔵、いたのけェ？」

源蔵の問い掛けにお初は力なく首を振った。

「そうけェ……店が丸焼けになり、おまけにお袋まで亡くなったんじゃ、心持ちもおかしくならァな。ま、その内に顔を出すだろう。お初。ひとまず引き上げるか」

源蔵はそう言ったが、お初は返事をしなかった。

呆然《ぼうぜん》と焼け跡を見つめるお初に源蔵は長い吐息をついた。だが、つつっと、半分焼けた柳の樹に近づき、拳《こぶし》で幹《みき》をだんと打った。源蔵の足許に焦げ茶色の虫が転がった。

薄羽かげろうだった。昨日のことが甦《よみがえ》る。

不吉なものを感じて源蔵は叩き落としたのだろう。ビードロのように透き通った羽が、ひしゃげた形で風に靡《なび》いた。風なんてないのに。

お初は表情のない眼で、その微かな羽をいつまでも見つめていた。

つのる想い

一

江戸は八月（陰暦）に入り、朝夕はめっきり凌《しの》ぎやすくなった。とは言え、残暑はまだまだ厳しく、お初《はつ》は葦簀《よしず》の陰に身を寄せ、強い陽射《ひざ》しを避けることが多い。一日おきに裁縫の稽古《けいこ》に通い、空いた日を家業の水茶屋の手伝いに充《あ》てるという習慣が、この頃はすっかり定着している。何かしていれば余計なことを考えずに済むというもののの、気がつけば、お初はいつも栄蔵《えいぞう》のことを考えていた。

祝言の約束を交わしていた栄蔵は火事で家を焼かれ、母親を失った。それで意気消沈したのか行方をくらましてしまった。未《いま》だにお初には何んの連絡もない。栄蔵がいなくなってから、すでにふた月になろうとしていた。

縁がなかったんだよ、とお初の母親は言う。

だから諦《あきら》めろと言いたいらしい。諦めることなどお初にはできなかった。今にきっと、あの人なつっこい笑顔を見せて「悪《わ》りィ、悪りィ。ちょいと心持ちが普通でなかったからよ。お初ちゃんには心配掛けたな」と現れることを信じていた。いや、お初は誰が何んと言おうと、そう信じたがっていた。

「いやいや、この間はえらい目に遭《あ》ってしまったぜ」

父親の源蔵《げんぞう》の友人の佐平次《さへいじ》が見世《みせ》の床几《しょうぎ》に座り、茶を飲みながら源蔵と世間話をしていた。佐平次は朝から本所《ほんじょ》へ出かけ、帰りに両国広小路の「明石屋《あかしや》」へ立ち寄ったのだ。佐平次は時々、お初の様子を窺《うかが》うようにこちらを見る。沈みがちなお初を心配しているのだ。

「紙入れでも落としたか」

源蔵は呑気《のんき》な茶々を入れる。

「おきゃあがれ。紙入れを落とすほど、まだ耄碌《もうろく》していねェわ……まあ、掏《す》られたけどよ」

そう応えると、源蔵は掌《て》を打って愉快そうに笑った。ひーひーと喉《のど》を引き攣《つ》らせるような笑い方はお初の兄の政吉《まさきち》とそっくりだ。

「柳原《やなぎわら》の土手を通り掛かった時、侍《さむれ》ェと修験《しゅげん》（者）が喧嘩《けんか》をおっぱじめたのよ。一触即発という態《てい》でよ。こちとら、急いでいたが目が離せなくなった」

佐平次は舌で唇を湿して続ける。

「血を見たのか」

源蔵は、ぐっと首を伸ばした。

「今にもそうなりそうだった。その内に柳原土手で古本を売っていた奴等もぞろぞろ集まって来やがったのよ。さあ、そうなると侍ェは引くに引けねェ。だんびらの柄《つか》に手を掛けた。するとな、修験は自分が印《いん》を結べば、そのだんびらは抜くことができねェとほざいた。おもしれェ、やって貰おうじゃねェか、もしもだんびらが抜けたら手《て》前《め》ェの首を刎《は》ね飛ばしてやると侍ェは吼《ほ》えた」

「これか？」

源蔵は人差し指を立てて両手を握り、印を結ぶ仕種《しぐさ》をした。

「おうよ」

「修験が祈禱《きとう》をするのは知っているが、しかし、本当に効き目があるかどうかは聞いたことがねェなあ」

「まあ聞きな。おれは固唾《かたず》を呑んで見守っていた。修験はひゅうどろどろと印を結んだ」

「そんな音がしたのけェ」

「話だろうが。芝居にゃ、必ずそんな鳴り物が入るわな」

「余計な飾りをつけねェで喋《しゃべ》んな」

源蔵は白けた顔で佐平次を急《せ》かした。源蔵と佐平次は同い年だが、昔からあれこれ仕切るのは決まって源蔵の方だった。悪知恵の働く源蔵の言うことを聞いていれば損はしないと佐平次も踏んでいるようだ。子供の頃、喧嘩になったら不意を衝《つ》いて相手を殴り、すぐさま逃げろと源蔵は佐平次に知恵をつけた。ぐずぐずしていると返り討ちに遭うと。

源蔵は滅多に喧嘩で負けることはなかったという。なに、逃げ足が速かったので勝負がつく前にとんずらしていたからだ。

たまたま源蔵が傍《そば》にいない時に佐平次は喧嘩に巻き込まれた。最初は佐平次に分《ぶ》があったらしい。佐平次はその気になり、源蔵の助言をつい忘れた。やがて喧嘩が起きたことを聞きつけて、相手側の助っ人がわらわらと現れた。そうなると多勢に無勢。可哀想に佐平次はぼこぼこに殴られて気を失った。

源蔵は後で懇々と佐平次を諭《さと》した。自分の言うことを聞かないからこんなことになるんだと。だが、源蔵は佐平次の仕返しを買って出た。

結構、友達思いだ。仕返しのやり方はいかにも源蔵らしかった。相手側の首謀者の家に行くと、隙《すき》を狙い、塵取《ちりと》りに集めた馬糞《ばふん》をごっそりと土間口に放り込んだのだ。さぞかし、その家の者は驚いたことだろう。佐平次はそれを聞いて涙をこぼして喜んだという。

そんなろくでもない友人同士だが、今まで何十年もつき合いが続いている。

「それでな、修験が神妙な顔で印を結ぶと、あら不思議。侍ェのだんびらは抜けねェのよ」

「あら不思議。それ、本当のことけェ」

源蔵はからかうように佐平次の言葉を鸚鵡《おうむ》返しにした。

「鞘《さや》からだんびらが二寸ほど抜けるんだが、その先が続かねェ。古本屋の奴等も、どうしたどうしたと囃《はや》す。侍ェは躍起になっていたが、とうとうだんびらは抜けず、その内にこそこそと野次馬の間に紛《まぎ》れ込んだ。ああ、やれやれ何事もなく終わったと、ほっとした途端、野次馬の一人が、紙入れがねェと騒いだ。すると、おれも、おれもと続いた。その時にゃ、侍ェも修験も古本屋もいつの間《ま》にかいなくなっていた。まさかと思いつつ、おれも懐《ふところ》に手をやると……」

「やられていた」

源蔵は先回りして言う。

「その通りよ」

「皆んな、ぐるだったのよ。わからないかねェ、いい年して」

「面目ねェ」

佐平次は禿《は》げ頭をつるりと撫《な》でた。世の中が不景気になると様々な手管《てくだ》を遣って人の金を巻き上げようとする輩《やから》が増えるものだ。

まさか栄蔵はそんな悪い仲間に入っているのではないだろうか。お初は佐平次の話を聞きながら心配した。

「まだ居所《いどこ》は知れねェのか」

佐平次は声音を弱めて源蔵に訊《き》いた。お初の胸は硬くなった。佐平次は栄蔵のことを言っているのだ。栄蔵に関することならどんな些細《ささい》なことでもお初の耳は敏感に捉《とら》えた。だがお初はそしらぬふうを装った。

「ああ、まだよ。何を考えてんだか」

源蔵は吐息混じりに応える。

「この間、あすこの前を通ったら、店の跡はすっかり更地《さらち》になっていてよ。大工が塀を回していた。ここはどうなるんだと訊いたらよ、奴の伯父貴が一時預かることになったから、奴が帰《け》ェるまで材木置き場にするということだった」

「ぐずぐずしていたら、その伯父貴に地所をかっぱらわれるぜ」

「おれもそう思った。だが、奴が現れねェんだから仕方がねェわな。まさか、お初ちゃんが跡を継ぐこともできねェしな」

「結納も交わしていねェんだぜ。そんなこと、無理無理」

源蔵はあっさりと切り捨てる。

「やめて、お父っつぁん」

お初は、たまりかねて父親を制した。

「お初ちゃん、悪かったよ。おれが余計なことを喋って」

佐平次は源蔵の代わりに謝った。

「いいのよ、小父《おじ》さんは。心配してくれるのはありがたいと思っているから」

「おれもな、あちこち人に訊いてはいるんだよ。だが、姿を見掛けた者はとんといねェ。こいつはあれだな、栄蔵は江戸にいねェのかも知れねェな」

「江戸の外に親戚がいるなんて聞いたこともないのよ」

お初は俯《うつむ》きがちに応える。

「馬鹿なことを考えなきゃいいがな」

佐平次は心底、お初に同情している顔で言った。

「もう、栄蔵の話はやめろ、やめろ」

源蔵はくさくさした表情で制した。

「そう言うけど源蔵。お初ちゃんは簡単に諦められねェよ。話ぐらい聞いてやらねェじゃ、お初ちゃんが可哀想だ」

「なあに。お初は存外に気の強いおなごだ。はたが思うほど落ち込んじゃいねェよ。そんなに気を遣うこたァねェ」

源蔵は佐平次を宥《なだ》めるように言う。

「ええ。お父っつぁんの言う通りよ。小父さん、あんまり心配しないで。あたし、大丈夫だから」

お初は笑顔を見せた。

「そ、そうけェ。それを聞いて、おれも少しほっとしたわな」

佐平次は安心すると話題を変えるように知り合いの噂話《うわさ》を始めた。お初は広小路に眼を向けた。相変わらず人の往来が多い。何んの用があって、こんなに広小路に人が集まるのだろうか。お初は不思議でたまらない。

「お嬢さん。お針のお稽古は進んでいますか」

茶酌女《ちゃくみむすめ》のおきんがそっと訊いた。

「ええ。お蔭さまで。お父っつぁんの袷《あわせ》も縫い上げたし、これからは綿入れよ」

「旦那は喜んでいらっしゃるでしょうね」

「ううん。必ず一つや二つは文句を言うの。やる気が失《う》せるというものよ」

「せいぜい、お稽古に精進なさいませ。手を動かしていれば余計なことは考えなくていいですから」

おきんは訳知り顔で言う。お初はおきんの顔をつかの間、じっと見た。おきんは、お初の視線をそっと外して続けた。

「亭主と別れた時、あたし、腑《ふ》抜けのようになったんですよ。そうしたら近所のお婆《ばあ》ちゃんが手を動かせって。針仕事でも雑巾掛けでも何んでもいいからって。あたし、お針は得意じゃないから、家の中をぴかぴかに磨き上げたのよ。それでも収まらなくて、お婆ちゃんの家の掃除も引き受けた。それから住んでいた裏店《うらだな》の周りの草取りもした。夏の盛りでね、汗になったものだから、あたしは草でかぶれてしまったのよ。お婆ちゃんはあたしに薬を塗ってくれながら、そんなに亭主に惚《ほ》れていたのかと言った。あたし、お婆ちゃんの前で声を上げて泣いたのよ。それからね、不思議にしっかりしてきたの。そのことを思い出して言うとすれば、お嬢さんが以前と同じ調子を取り戻すには、まだまだ時間が掛かる。ここは、お針の稽古を一生懸命することですよ」

「ありがとう、おきんさん」

おきんの慰めにお初は胸が熱くなった。おきんは事情があって亭主と別れている。嫌いで別れたのではなかったので、後が辛《つら》かったらしい。お初の気持ちも理解できるのだろう。

「おきんさん。もう、ご亭主のことは何んとも思っていないの？」

お初は、おきんの気持ちを訊いた。

「何んとも思わない訳じゃありませんよ。ただ、別れた頃のどうしようもない気持ちは鳴りを鎮《しず》めたということでしょうか。時が経《た》てば自然に落ち着きますよ」

「時が経てば……」

「ええ」

半年経ったら、一年経ったら、お初は栄蔵に対してどんな気持ちになるのだろうか。諦めることができるのだろうか。諦めたいとも諦めたくないとも思う。お初のその時の気持ちは複雑だった。

二

本所の火事でおふじの家も台所の周辺を焼いた。その手直しができるまで、おふじは家族と一緒に向島《むこうじま》の寮（別荘）に避難していた。ようやく家が元通りになると、おふじも裁縫の稽古に、また通って来るようになった。

稽古仲間のおしょうは、お初の様子を窺いたくてやって来るのだと不愉快そうに言った。

おふじは裁縫の師匠のおとくに火事見舞いの礼を述べた後、お初の近くの長机に向かい、裁縫の道具を拡げた。おふじはまだ女物の浴衣《ゆかた》の途中だった。

「おふじさん、おうちの方は落ち着きましたか」

お初はねぎらいの言葉を掛けた。おふじと顔を合わせるのもしばらくぶりだったから、そのまま知らん顔もできなかった。

「お蔭さまで。台所がきれいになって以前より使いやすくなったから、これは不幸中の幸いだと、うちの者は言っているんですよ」

「そうですか」

「栄蔵さんからは何か連絡があって？」

ずばりと訊いたおふじにお初は胸が冷えた。

「いえ……」

「店は丸焼けになり、おまけに大事なおっ母さんまで亡くなったんですもの、どこかに行ってしまいたい気持ちになるのも無理はないわね」

おふじはため息をついて言う。それは栄蔵に同情しているような感じには思えなかった。

「あたし、十月に祝言を挙げるのよ。お初さん、よかったら披露宴《ひろうえん》に出て下さいな」

「まあ、おふじさんは縁談が纏《まと》まったんですか。おめでとうございます」

お初はおざなりに祝いを述べた。

「栄蔵さんのいとこがうちに入ってくれることになったの。栄蔵さんのおっ母さんの兄さんの息子なのよ。二ツ目《ふため》の土地も、その内にうちが引き取ることになるでしょうよ」

そう聞いて、お初は源蔵と佐平次の話を思い出した。栄蔵の店があった土地は、その内に伯父に持って行かれるだろうと心配していた。

「でも、栄蔵さんが戻って来たら、どうするつもりですか。お店を再建しなきゃならないし」

お初はおずおずと言った。

「栄蔵さんは無一文になったのよ。お店を再建するなんてできない相談よ」

おふじは吐き捨てるように応えた。

「そんなことありません。まだ若いのですもの、幾らだってやり直しができる」

お初は顔を上げ、その時だけ、きっぱりと言った。

「お初さんがそう思いたいだけでしょ？　悪いけど、それは甘い考えね。よほど大きな後ろ盾《だて》があるなら別だけど。お初さんのお父っつぁんでも、お金を出すつもり？」

「いえ。うちもそこまでは……」

明石屋は何んとか商売をしているが、源蔵に栄蔵の店を建ててやる器量はないだろう。

せいぜい、佐平次に安い店賃《たなちん》の仕舞屋《しもたや》を見つけて貰い、小さな青物屋を開けるよう段取りするのが関の山だ。

「そうでしょうねえ。まあ、栄蔵さんが戻って来て、頭を下げたら、うちの店で使ってやってもいいけど」

おふじは見下したようなもの言いで応えた。

「栄蔵さんの家の土地は栄蔵さんのものだと思います。栄蔵さんが戻って来たら返してやって下さい。お店を元通りにする器量がなくても、その土地を売れば、小商いの店ぐらい開けるでしょうから」

お初は怒気を押し殺して言った。

「返すなんて人聞きの悪い。あたしが栄蔵さんの家の土地を横取りした訳でもあるまいし。このまま戻らなかったら、あの土地はうちが面倒を見ることになるだろうという話じゃないの。勘違いしないで」

おふじはむっとしてお初を睨《にら》んだ。

「お初ちゃん、おふじ。手がお留守だよ。お喋りは後になさい」

おとくが注意したお蔭で、それ以上、諍《いさか》いになるのは免《まぬが》れた。針を運びながらお初は悔しさが込み上げた。おふじは栄蔵にまとわりついていた。それは栄蔵に好意を持っていたからだろう。

だが、栄蔵が火事で家を失い、おふじの言葉で言えば無一文になると、あっさりと栄蔵に見切りをつけ、別の人と祝言を挙げるという。

おふじの変わり身の早さに驚きながら、自分は決しておふじの真似はできないと思う。栄蔵に見切りをつけた今、おふじが裁縫の稽古に通って来る理由をお初は訝《いぶか》しんだ。おしょうの言うように、落ち込んでいるお初を眺める魂胆《こんたん》なのか。

「おふじさんの披露宴に出るのかえ」

帰り道でおしょうが訊いた。

「出たくないよ。どんな顔でお祝いしたらいいのかわからないもの。そんな義理もないし」

お初は視線を足許に落として応えた。

「そうだよね」

「ねえ、おしょうちゃん。おふじさんが何かと栄蔵さんの傍を離れなかったのは、あれはどういうことだったんだろうね。あたし、つくづくおふじさんの気持ちがわからないの」

「おふじさんは跡取り娘だから、栄蔵さんを家に入れる魂胆をしていたんじゃないの」

「だって、栄蔵さんだって八百清《やおせい》の跡取りよ。そういうことにはならないって栄蔵さんも言っていたし」

「あのおふじさんのことだもの、何をするか知れたものじゃないよ。怖いねえ、あんな人は」

「………」

「栄蔵さんが戻って来たら、お初ちゃん、一緒になるのかえ」

おしょうは試すように訊く。

「ええ。今はそれしか考えられないの」

「どんなふうになっても？」

「え？」

おしょうが何を言いたいのかわからなかった。

「どういう意味？」

「たとえばやくざ者になっているとか、以前の栄蔵さんと全く違った人になっていたとしても、それでもお初ちゃんは栄蔵さんと一緒になるのかえ」

おしょうの問い掛けにお初はため息をついただけで応えなかった。そんなことは考えたくなかった。

「あたしねえ、ちょいと妙なことを考えたんだけど」

意気消沈したお初の機嫌を取るようにおしょうは続けた。

「なあに」

「これはね、人に聞いた話なんだけど、実話なのよ。ある男が夜も遅い時刻に両国橋を渡っていた時、自分の名を呼ぶ声がしたんですって。通り過ぎる人もいなかったんで、男は空耳かと思ったけれど、ためしに欄干《らんかん》に近寄って川を覗《のぞ》いたらしいの。周りに人がいないとすれば橋の下の舟から知り合いが声を掛けたと思うじゃないの。だけど、その時にね、地震が起きて、男は欄干に摑《つか》まってしゃがんだのよ。で、屋根の瓦《かわら》か石か定かに知れないけど、そういう物が男の頭にぶつかって、男は気を失ってしまったのよ。それから男の消息はぷっつりと途切れてしまったんですって」

「大川に落ちて死んだんじゃないの？」

「男の親もそう考えたみたい。男がいなくなって三ヵ月後に親は弔いを出したのよ。だけどね、その男、生きていたのよ」

「まあ」

「どこにいたと思う？」

「わからないよ」

「信濃国《しなののくに》に善光寺《ぜんこうじ》ってお寺があるんだけど、その門前にぼんやり立っていたのよ」

「どうしてそれがわかったの」

「男の家の近所に住むご隠居さんが、お仲間と旅に出ていて、善光寺にちょうどお参りしていたそうなのよ」

「運がよかったのねえ」

そう言うと、おしょうは首を竦《すく》めた。

「運がいいのかどうか、あたしにはわからないけど、行方が知れなくなってから、半年後のことですって。不思議なことに、その男、ご隠居さんに見つけられるまでの間のこと、何も覚えていなかったのよ。着物も半年前のもので、どこをどう歩いたものか、あちこち綻《ほころ》びて、まるでもの貰いのようだったらしいの」

「それって神隠《かみかく》しかしらね」

「天狗《てんぐ》の仕業と言う人もいたよ」

「…………」

「だからね、栄蔵さんももしかして、その口じゃないかと、あたしは思うのよ」

お初はおしょうの話がおかしくて、くすりと笑った。

「ああ、ようやくお初ちゃんが笑ってくれた」

おしょうは嬉《うれ》しそうに言う。

「ありがと、おしょうちゃん。色々、心配掛けて。栄蔵さんも神隠しに遭ったとすれば、いつかきっと見つかるよね」

「うん。栄蔵さんが生きてりゃ、きっとお初ちゃんの前に顔を見せるよ」

「そうね。とにかく、今は無事を祈って待つことだね」

「そうだよ。さてと、お初ちゃん。今夜は湯屋へ行くかえ」

「ええ」

「そいじゃ、晩ごはんを食べたら迎えに行くよ」

「わかった。待ってる」

おしょうと話をすることで、お初も鬱陶《うっとう》しい気持ちが幾らか晴れる。友達はありがたいものだと、しみじみ思った。

三

晩飯の時刻に源蔵は戻って来なかった。お初は母親のお久《ひさ》と兄の政吉《まさきち》と先に晩飯を済ませた。亭主が戻らない内は家族が決して先に箸《はし》をとらない家もあるが、お初の家は違った。

出かけたら、いつ戻って来るか知れない源蔵を待っていたら夜が明けてしまう。だが、おしょうが迎えに来て、湯屋へ行く時、お久は「お初。おそめを覗いて、もしもお父っつぁんがいたら、そろそろお帰りって、声を掛けておくれな」と言った。

おそめは湯屋へ行く途中にある源蔵のなじみの居酒屋だった。お久は源蔵の居場所がそこだと当たりをつけていた。

「わかった。おおかた、小父さんと飲んでいるのよ。話に花が咲いて帰りそびれたのかも知れないね」

お初はお久に応えると小桶《こおけ》を抱えて外に出た。案の定、源蔵は佐平次と飲んでいた。お久の言葉を伝えると源蔵は「わかった、わかった。おっつけ戻るよ」と、うるさそうに応えた。

だが湯を浴びて、帰る時、源蔵はまだ、おそめにいた。おしょうに先に帰って貰い、お初は少しぷりぷりして「お父っつぁん、いつまでいるのよ。いい加減にしなさいよ」と文句を言った。

「お初。ちょいと中に入《へ》ェんな」

源蔵は、さほど酔っていない顔でお初を手招きした。

「何よ」

「いいから」

源蔵は急かす。佐平次も空いた腰掛けに座るよう促《うなが》した。源蔵の隣りでお初と同じ年頃の娘が飯台《はんだい》に俯《うつぶ》して泣いていた。

「誰？」

お初は小声で佐平次に訊いた。

「ここのおかみの姪《めい》っ子さ。夫婦約束をしていた男に振られたそうだ」

「まあ、お気の毒に」

「源さんと宝屋《たからや》の旦那に慰めて貰っていたのさ。だが、途中で泣き出してね。源さん、帰るに帰れなくなったんだよ。ごめんね」

おそめのおかみが応える。名前は見世の名の通り、おそめだ。亭主と死に別れてから独りで見世を切り守《も》りしてきたという。おそめは五十がらみの女で、ぽんぽんとした口調で話す。源蔵にも佐平次にも平気で小言を言う女だ。

「お初ちゃん。相手の男ってのはよ、驚くな、栄蔵の伯父貴の倅《せがれ》なのよ」

「まさか、藤城屋《ふじしろや》さんに養子に入る方じゃないでしょうね」

お初はいやな予感を覚えながら言った。藤城屋はおふじの家の屋号だった。

「どうしてそれを……」

娘は驚いたように顔を上げた。泣いたせいで腫《は》れぼったい眼をしている。だが、色白で、存外に整った顔立ちをしていた。

「やっぱりそうなの」

お初は短い吐息をついた。

「お初。やっぱりそうって、どういうことだい」

源蔵が怪訝《けげん》な顔で訊く。傍で娘に泣き出され、酔いもすっかり醒《さ》めたという態《てい》だ。

「おふじさん、十月に祝言を挙げるのよ。そのお相手が栄蔵さんのいとこだと言っていたの」

「おふじって、栄蔵にまとわりついていた娘かい」

「ええ、そうよ。おふじさんのおうちが藤城屋なのよ。栄蔵さんがいなくなったんで、さっさと後釜《あとがま》を見つけたみたい」

お初は、源蔵には皮肉な言い方をした。

「あの娘が相手じゃ勝ち目はねェわな」

源蔵は独り言のように言って猪口《ちょこ》の酒を飲んだ。娘の名はおみよと言って、家は深川にあるらしい。家にいると塞《ふさ》ぎ込んでいるばかりなので、おそめが、しばらくこっちにいたらと勧めたのだ。おみよは見世の手伝いをしていたが、時々思い出して泣き出してしまうという。源蔵と佐平次は、ちょうどその時に出くわしてしまったようだ。

「源さん、そうじゃないのよ。この子はあたしの弟の娘で、弟は大工をしているんですよ。友次郎《ともじろう》さんは弟に、大工になりたいから仕込んでくれって頭を下げたんですよ。ねえ、ありがたい話じゃありませんか。ところが、この子は反対したんですよ」

おそめはやり切れない表情で言った。

「どうして？」

お初は腑《ふ》に落ちなくておみよに訊いた。

「大工はお天道さまに左右されるし、冬場はどうしても仕事が切れる。あたし、お父っつぁんが苦労しているのを見ているから、友次郎さんに、とてもそうしろとは言えなかった。今まで通り、家の仕事を手伝って、何がしかのお給金をいただく方が暮らしは安心なのよ。友次郎さんは暮らしの苦労なんて、ちっともわかっていないの。それで、会えば喧嘩することが続いていたの。このひと月ほど音沙汰《おとさた》がなかったけど、その内にまたやって来ると、あたしは思っていた。だけど、どう？　あたしに見切りをつけて婿《むこ》養子を企《たくら》んでいたという寸法なのよ」

友次郎とは栄蔵のいとこの名前なのだろう。

「友次郎さんは親に頼らず、自分の力で生きて行きたかったのね」

お初はおみよの顔を見ずに言った。

「そうなんだよ、お嬢さん。友次郎さんはしっかりした人ですよ。この子が反対するもんだから、きっとやけになったんだねえ」

おそめは相槌《あいづち》を打つように応えた。

「伯母さんに何がわかるのよ。勝手なことは言わないでよ」

おみよは癇《かん》を立てた。

「おみよちゃん、落ち着きな」

佐平次がさり気なく制した。お初は思案顔で口を挟んだ。

「友次郎さんは次男だから、いずれは家を出なければならないと、ずっと考えていたと思うの。大工になりたいと言うんだから、その通りにしてやったらよかったのに。あたしなら反対しない。親の手伝いをしてお給金を貰うのは、大工がうまくいかなくなった後でもいいじゃない。もしかして、友次郎さんには大工の筋《すじ》があるのかも知れないし」

そう言うと源蔵は「お初。たまにはいいこと言うねえ」と感心した。お初は源蔵に構わず、おみよに続けた。

「あんたが反対したのは、あんたが楽な暮らしを望んでいたからよ。深川の材木屋さんの息子と所帯を持って、何不自由なく暮らしたかったんでしょう？　でも、大工の徒弟になったら、そういう訳にはいかない。あんた、慌てて反対したのね」

おみよは憎々し気にお初を睨んだ。口を返さなかったのは、それが図星だったからだろう。

「祝言まで、まだ時間がある。もう一度会って、ようくこれからのことを話し合ったら？　あんたが折れたら、向こうは考え直すかも知れない」

お初は親切に言った。

「でも、大工はいや。それだけはいや」

だが、おみよは駄々っ子のように繰り返した。

「それじゃ、諦めるのね」

お初は冷たく言い放った。

「人のことをよく言ってくれるじゃないか。あんたにあたしの気持ちはわからない」

おみよは、やけのように吐き捨てた。

「おみよ。そんなことを言うもんじゃない。このお嬢さんだって、そりゃあ悲しい思いをしているんだから」

おそめはさり気なく娘を窘《たしな》めた。おそめは源蔵からお初の事情を聞いていたのだろう。

つかの間、同情する眼をお初に向けた。

「何が悲しい思いなのよ。倖せそうな顔をしているじゃないか」

おみよはおそめに口を返した。

「あら、倖せそうな顔をしている？　これはおかたじけ。お父っつぁん、小父さん。あたし、結構、できた女だね」

お初は冗談めかして二人に言った。

「おみよちゃん。お初坊の相手はな、火事で家を焼かれ、お袋も死んじまうとな、ぷいっといなくなっちまったんだ。未だに行方が知れねェのよ。そのこと、友次郎に聞いていねェか」

佐平次はしんみりした声で言った。

「あの人、何んにも言っていなかった」

おみよは俯いて応えた。

「いやな話はあんたの耳に入れたくなかったのよ。まあ、言ってもしょうがないし」

お初は、わざと明るい声で言った。おみよは少し気が晴れた表情だった。源蔵はそんなおみよに、短気を起こすんじゃねェよ、と優しく慰めていた。

小半刻《こはんとき》（約三十分）後、三人はおそめを出た。見世の前で佐平次と別れると、お初は源蔵と肩を並べて歩いた。

「おみよさん、どうなるのかしら」

未練に苦しむおみよがお初は気掛かりだった。

「さてな」

「友次郎さんは、すっかり決心を固めたのかしら。おふじさんの話では纏まったように聞こえたけど。でも、あの人、大袈裟《おおげさ》に言うから」

「その友次郎って男も不憫《ふびん》な奴よ。どっちに転んでもひと筋縄じゃいかねェおなごばかりでよ」

「ほんとね」

お初は含み笑いをしながら応える。

「ねえ、お父っつぁん。栄蔵さんが戻って来たらね……」

お初は足許を見つめながら続けた。商家の軒行灯《のきあんどん》に照らされているが、足許はよく見えない。かろうじて下駄の鼻緒の色がわかる程度だ。臙脂《えんじ》のびろうどの鼻緒がついている下駄は源蔵が買ってくれたものだ。

「何んでェ」

源蔵はお初に視線を向ける。そのまま、お初はぽつりと言った。

「栄蔵さんの力になってね。あたしは何もできないから」

「…………」

「何んで黙っているの。応えてよ」

お初は源蔵の袖を揺すった。源蔵は「うるせェ」と吼えたが、その後で、たまらず口許に掌を押し当てて咽《むせ》んだ。お初は自分も泣きたくなったが、唇を噛《か》み締め、ぐっと堪《こら》えた。

家族の前で泣き顔は見せられないと肝《きも》に銘じていた。自分の代わりに源蔵が泣いてくれたのだ。それが滅法界《めっぽうかい》もなく嬉しかった。

「冬に間に合うように綿入れを拵《こしら》えるからね」

お初は源蔵を宥めるように言った。

「ぼてぼてと綿を入れるんじゃねェよ。どてらになっちまうからよ」

ぐすっと洟《はな》を啜《すす》って源蔵は応えた。

「わかった。ぐっと乙粋《おついき》なのを拵える」

「よく言うぜ、全く」

源蔵は泣き笑いに紛らわせた。

四

おみよが友次郎に会ったのかどうか知らなかったが、おふじの祝言の準備は進んでいるようで裁縫の稽古も休みがちだった。日本橋の呉服屋で花嫁衣裳を誂《あつら》えるだとか、自分達の部屋に置く調度品を注文しに行くだとか、祝言をするとなったら、色々と用意があるらしい。

だが、おふじがいないとお初の針仕事も進むような気がした。

いつものように稽古を終え、掃除をして帰ろうとした時、お初は師匠のおとくに引き留められた。お初はおしょうに先に帰って貰った。栄蔵のことで何か言われるのではないかと身構えていたが、そうではなかった。

「おふじの祝言は予定通り十月になるけれど、その前に深川で仮祝言をするそうだ」

おとくはお初に茶を勧めながら言った。

「二度も祝言するんですか。大層な掛かりですねえ」

お初は感心した。友次郎の家だって深川ではそれなりの商売をしている。だが、婿入りするとなったら、本祝言は万事が藤城屋の采配《さいはい》で行なわれるだろう。招待客も藤城屋に関わる者が優先される。友次郎の父親は深川に義理のある人が大勢いた。それで仮祝言をして面目をほどこす考えらしい。

「まあ、お金の心配はいらないから、それはいいんだよ。仮祝言と言ってもね、結構、派手なものになるらしい。それでね、おふじは友達も呼びたいらしいのさ。ところが、あの子には、あまり友達ってのがいなくてね、困っているんだよ」

おとくは上目遣《うわめづか》いでお初を見た。お初に出席してほしいということらしい。

「おっ師匠《しよ》さん。あたしは気が進みません。おふじさんとなかよしって訳でもありませんから」

「それはようくわかっているよ。だけどおふじから頼まれたんでね。お初ちゃん、ここはあたしからもお願いするよ」

おとくは殊勝《しゆしよう》に頭を下げた。

「どうしておっ師匠さんはおふじさんの肩を持つんですか。あたし、それがよくわかりません」

お初は不服そうに口を返した。

「あの子はね、藤城屋のお内儀《かみ》さんの実の子じゃないのさ。旦那の先妻の子なんだよ。旦那は今のお内儀さんにぞっこんとなって、早い話、先妻を追い出したんだよ」

「まあ……」

「その先妻が、あたしの友達だったのさ。十年前に病《やまい》で死んじまったけどね。おりつさんと言ってね、きれえな人だった。離縁してから、からっきし元気がなくなり、とうとう病になってしまったんだよ。お見舞いに行った時、おりつさんは、おふじに何か困ったことがあったら助けてやっておくれと言ったんだよ。死ぬ間際になっても娘を案じるのは母親だねえ。あたしは、あいと応えたよ」

「そうなんですか」

「おふじはおりつさんと顔が似ているけど、性格はちっとも似ていない。見栄っ張りは、てて親似さ」

おとくは、おふじの性格をすっかり呑み込んでいるようだ。それがお初をほっとさせた。

「わかりました。家に帰っておっ母さんに相談してみます」

お初は仕方なく応えた。おとくには、おみよのことは言えなかった。お初はおみよの気持ちを知っているので、二人の祝言を素直に喜べない。友次郎がおふじの家に養子に入ろうとしたのは、いずれ自分が主《あるじ》になれるからだろう。会ったことはないが、お初は向こう気の強い若者を想像した。おみよは友次郎が一本立ちをするより家の手伝いをすることを望んでいた。二人の意見が喰い違った結果がこれなのだ。それは男と女の生き方の違いでもあるような気がした。男は生きがいを感じる仕事がしたいと誰しも望んでいる。たとい、それがさほど実入りがないものだとしても。

一方、女は決まった給金が確実に入る安全な道を望む。おおかたの夫婦は相手に多少の不満を持ちながら、互いに歩み寄って暮らしているのだ。何が何んでも大工の仕事をする友次郎がいやだと意地を通したおみよをお初は哀れな娘だと思う。二人が倖せになるためにどうしたらよいのか、おみよはもっとよく考えるべきだったのだ。だが、もはや手遅れだ。いまさらどうにもならない。

栄蔵が友次郎の立場だったらどうしただろうと、お初は詮のないことを考える。家業《かぎょう》の青物屋をうっちゃって、明石屋の商売をしたいと言ったら。

心から賛成はできないが、栄蔵が是非にと願うならば、それも仕方がないと最後にお初は折れるだろう。おみよのように自分の意見を押し通しはしない。

友次郎はおみよに何んの断りもなくおふじとのことを決めたようだ。それは栄蔵のやり方とよく似ていた。諦めてくれとも、待っててくれとも言わずに栄蔵はお初の前から姿を消した。今の栄蔵の気持ちは、お初にはわからない。何んだ、それなら今の自分はおみよと同じじゃないかとお初は独りごちた。

家に戻り、お久に披露宴の話をすると「こりゃ大変だ。呉服屋に晴れ着を注文しなきゃ」と、途端に慌て出した。

「おっ母さん。あたしが祝言を挙げる訳じゃないのよ。わざわざ新しい着物を誂えなくてもいいよ」

お初は、お久を制した。

「だって、それじゃ、お前は何を着て行くんだえ」

「おっ母さんの長持《ながもち》の中に、若い頃に着た晴れ着の一枚や二枚、入っているでしょう?」

「皆、二十年も前のものだよ」

「虫に喰われていなけりゃ大丈夫よ」

「そうだろうか。どれ、納戸に行って確かめようか」

「うん」

お久は、さっそくお初を納戸に促した。

納戸は庭の片隅に建てられている。掛け軸の箱や祖母の使った箪笥《たんす》、高張《たかは》り提灯《ぢようちん》などが収められている。お久の長持は納戸の奥に埃《ほこり》を積もらせてあった。お初とお久が重い長持を引き摺《ず》り出すと、埃が盛大に舞い上がった。

だが、蓋《ふた》を開けると、中まで埃は入っておらず、たとう紙《がみ》に包まれた着物が丁寧に重ねられていた。お久は用意した大風呂敷を床に拡げた。

「振袖はどこだろうね」

お久はたとう紙の結び目を次々とほどきながら探す。

「おっ母さん。あたし、これがいい」

お初は紅花色の着物を手にして甲高《かんだか》い声を上げた。萩と桔梗《ききょう》の花が上品にあしらわれている。秋の季節にふさわしい着物だった。

「だけど、これは振袖じゃないから地味だよ」

お久はにべもなく言う。

「祝言は花嫁さんを引き立てなきゃならないから、これぐらいでちょうどいいのよ」

「そうかえ……あら、存外にいいねえ。よく映るよ。それは、あんたのお祖父《じい》ちゃんが誂えてくれたものだ。一度着ただけで忘れていたよ」

お初が着物を肩に羽織って見せると、お久はまんざらでもない顔になった。

「もったいない。お祖父ちゃんの思い出の着物なら、なおさら嬉しい。さて、着物はこれでいいとして、帯はどれがいい？」

お久は鶯《うぐいす》色に金糸を織り込んだ青海波《せいがいは》の柄の帯を取り出して「これはどうだえ」と訊いた。だが、お初は着物と同色の亀甲柄のものを選んだ。それにも金糸が使われていたが、遠目にはわからない。

「渋い好みだこと」

お久は皮肉混じりに言う。内心ではお初に、もっと派手に装ってほしいのだ。

「おっ母さんは、いい着物をたくさん持っているのね。あたし、何も買わなくていい」

「欲のない娘だよ、全く」

「なければしょうがないけど、ここにある物で間に合うんだから、余計なお金は遣わなくていいの」

「そりゃ、そうだが」

お初は着物と帯を抱えて、すっかり安心した顔で納戸を出た。衣紋竹《えもんだけ》に吊るして鴨《かも》居《い》に引っ掛けると裏地に薄茶色のしみがあった。

「やっぱり、古いからこうなるのだねえ」

お久はがっかりして言う。

「裏地だから大丈夫よ。披露宴から帰ったら、一度、洗い張りに出してよ」

「そうだねえ。ついでに他の着物もそうするよ。洗い張りの手間賃も結構なものだが」

「呉服屋で誂えるよりましでしょう?」

「もう、銭のことばかり言うんじゃないよ」

「自分だって言っているくせに」

お初はお久に聞こえないように、ぶつぶつと文句を呟《つぶや》いた。着物の品定めはつかの間、お初を悲しい気持ちから解放した。おふじの仮祝言の日まで、お初は襦袢《じゅばん》に新しい襟《えり》を掛けたり、足袋《たび》を揃《そろ》えたり、頭に飾る簪《かんざし》や櫛《くし》の用意をしたりして心を弾《はず》ませた。

仮祝言の当日は、裁縫の師匠のおとくと一緒に朝早く深川に向かった。深川の料理茶屋まで普段着で行き、着いたら控えの間で着替えをするのだ。着付けはおとくがしてくれるので、お初は何んの心配もいらなかった。

料理茶屋に着いて着替えを済ませると、二人はおふじのいる部屋に行った。おふじは白無垢《しろむく》の花嫁衣裳で静かに座っていた。

「おふじさん。とってもきれいよ」

お初は感歎の声を上げた。おふじに対する気持ちは別にして、花嫁衣裳のおふじは息を呑むほど美しかった。

「ありがとう、お初さん。それにおっ師匠さんもありがとうございます」

おふじは感激した顔で礼を言った。

「おりつさんに一目、見せてやりたかったよ」

おとくはそう言って涙ぐんだ。

「おっ師匠さん。それは言わない約束でしょう？」

おふじは、きゅっとおとくを睨む。

「ああ、すまないねえ。つい余計なことを喋って……」

おとくは盛んに洟を啜った。

親戚の者も様子を見に来たので、お初は邪魔にならないように部屋を出た。廊下には紋付、袴《はかま》の友次郎が扇子で腿《もも》の辺りをばしばしやりながら友人と世間話をしていた。お初はすぐに友次郎だとわかった。栄蔵といとこなので、どことなく面差しに似たところがあったからだ。花嫁に比べ、花婿の方は仕度が簡単だ。友次郎は手持ち無沙汰で友人と喋っていたらしい。お初が思ったように利《き》かん気な顔をした若者だった。この間まではおみよに甘い言葉を囁《ささや》いた男が今日からはおふじにその言葉を囁く。お初はどこか割り切れない思いがした。

仮祝言の場所となった「平清《ひらせい》」という料理茶屋は深川ばかりでなく、江戸府内でも名の知れた見世だった。縁側から見える庭にはもみじや楓《かえで》がうっすらと色づき、秋の気配を感じさせる。本祝言は内輪で質素に行なうので、そちらの披露宴は出なくてよいことになった。

忙しい思いを二度もしなくていいので、お初は内心でほっとしていた。

その日はおふじの前途を祝うかのように、空も絶好の秋晴れだった。

と、塀の横に取り付けられている枝折戸が静かに開いた。何気なくそちらを見ていたお初の表情が凍った。そこに現れたのはおみよだった。声を出そうとしたが、驚きのあまり出ない。お初は、その場にしゃがんで落ち着こうと努めた。友人と話をしていた友次郎がお初の様子に気づき「もし、どうされました。具合でも悪いのですか」と訊いた。

お初は首を振り、友次郎を促すように視線を庭へ向けた。友次郎も怪訝な顔で庭を見た。

そして「あッ」と驚きの声を上げた。

「何しに来た！」

だが、友次郎はおみよに怒鳴った。

「友さん。あんまりじゃないか。あんたは涼しい顔で他の女と祝言を挙げるのかえ」

「お前とのことは終わったんだ。所詮、縁がなかったんだ」

人を呼ばなければとお初は思った。おふじにおみよの姿を見せてはならない。お初は慌てて長い廊下を走り、見世の者を呼びに行った。

その時、背中で獣《けもの》じみた唸《うな》り声が聞こえた。

「何しやがる、このあま！」

友次郎の友人の甲走《かんばし》った声も続く。おみよが何かしたのだ。何をしたのだろう。ざわざわと廊下に人が集まる。医者を、医者をという声が飛び交う。お初は廊下の隅で震えながら人々の動きを見つめていた。


仮祝言は台なしとなった。医者や土地の岡っ引きが現れて、平清は蜂の巣を突っついたような騒ぎになった。

おみよは懐に匕首《あいくち》を忍ばせ、友次郎の胸を刺したのだ。友次郎はすぐさま医者の手当てを受けたが、場所が悪かったせいで、それから一刻《いっとき》（約二時間）後に亡くなった。おみよは自身番にしょっぴかれたが、友次郎が死ぬと殺しの罪で大番屋に移され、翌日は小伝馬《こでんま》町の女牢へ収監されるという。おふじは泣き喚《わめ》いて手がつけられなかった。当然ながら披露宴は取りやめとなり、お初は駕籠《かご》に乗って米沢《よねざわ》町に戻った。おとくは、今日はおふじの傍についていると言った。

米沢町に着いた時は、早《は》や夕方になっていた。お初は、どっと疲れを覚えた。何も知らないお久は「どうだった披露宴は。お前の着物は見劣りしていなかったかえ」と呑気に訊いた。

「おっ母さん。あたし、すぐ寝る。とっても疲れたから、話は明日するよ」

お初は大儀そうに着物を脱ぐと、片づけもせずに自分の部屋に向かった。頭痛がしていた。蒲団《ふとん》に横になると天井が回っているように感じられた。その日起きたことがあまりに衝撃的で、お初は混乱していた。今日のことは忘れよう。眠ろう。眠って起きれば別の日になる。お初は自分に言い聞かせて、きつく眼を瞑《つぶ》った。

五

「亀井町のなんまんだぶ盗人のことは聞いたか」

佐平次が源蔵に訊く。

「葬儀屋がやられた話かい」

「ああ。富田屋と言って、結構、太い商いをしている店だった」

「葬儀屋は景気、不景気に左右されねェからいい商売だわな。だが、何んでなんまんだぶ盗人というのかわからねェ」

源蔵は腑に落ちない表情だ。佐平次は三日に一度は明石屋に顔を出す。その日も朝からやって来ていた。

お初は二人の話を聞くでもなく聞いていた。

商家の番頭らしいのが茶酌女のおせんに相手をされて鼻の下を伸ばしている。他に客はいなかった。おはんとおきんは贔屓《ひいき》の芝居の役者のことを小声で喋り合っていた。そろそろ顔見世狂言《かおみせきょうげん》のことが人々の話題に上る季節だ。

「賊はな、ちょうど家の者が弔いで出払っていた時に忍び込んだのよ。留守番をしていたのは富田屋の爺《じい》さん、婆さんだった」

佐平次は得意そうに続ける。

「爺さん、婆さんってのは奉公人かい」

「いや、亭主の親よ」

「へえ、たまげたね。富田屋だって六十は過ぎているだろうが。その親なら八十かい」

「婆さんは八十で爺さんは九十二だと」

「すごいねえ」

源蔵は心底、驚いている。

「その九十二の爺さんは六十の倅に未だに小言を言うそうだよ。お前は落ち着きがないとかって」

「孫だって大きいんだろ？」

源蔵はぷっと噴《ふ》き出してから訊く。

「孫は三十。ほとんど弔いの段取りは孫がやっている」

「孫は、爺さんに小言を言われている親父を見てどう思うんだろうね。親父の面目、丸潰れじゃないか」

「倅はいつまで経っても倅よ。源蔵の親父が生きていたって同じように小言を言うさ」

佐平次は笑いながら応えた。

「で、富田屋の爺さん、婆さんは賊に説教でも垂れたのかい」

「賊は富田屋の仏壇を物色していた。その時、爺さんは、お前は何をしていると気丈に怒鳴ったそうだ。するとな、賊はぶるぶる震えて仏壇に掌を合わせたのよ」

「何んだよ、それ」

源蔵は呆《あき》れたように言う。

「手前は確かにこの家に盗人に入りました。だが、この立派な仏壇を見て、途端に金縛りに遭ったようになりましたと言ったとよ」

「葬儀屋の仏壇は、そりゃあ立派だろうよ」

「まあ、聞きな。賊はこれから改心してまっとうに働きやす。どうか見逃しておくんなさいと涙をこぼして謝ったとよ」

「それじゃ葬儀屋は何も盗《と》られなかったってことかい」

源蔵が訊くと、佐平次はゆっくりと首を振った。

「それから二、三日経った真夜中に賊は富田屋に忍び込み、有り金残らずかっさらった」

「…………」

「つまりよ。賊は一回目に入った時に富田屋の内所の様子をすっかり探っていたという訳だ」

「何んて頭がいいんだ。油断させといて隙を衝いたってことだな」

源蔵は感心した顔になった。そんなことで感心してどうなるとお初は思った。

「盗人もよう、年々、やり口が凝《こ》ってきてるわな。お前ェも気をつけな」

佐平次は源蔵に注意を促してその話を打ち切った。

「おみよちゃんも大それたことをしたもんだよ。深川の親きょうだいは引っ越しして、どこぞへ雲隠れしたようだぜ。おそめのおかみは泣いていたよ」

佐平次は話題を変えるように言った。

「わっちは当分、おそめは遠慮するよ」

源蔵は低い声で言った。おそめに行けば、おみよの話になるのが辛《つら》いらしい。

「そいじゃ、どこで酒を飲む？」

佐平次は呑気な心配をした。

「薬研堀《やげんぼり》に桶屋《おけや》という見世がある。様子のいいおなごはいねェが、うまい酒と肴《さかな》を出す」

源蔵は訳知り顔で言う。

「酒を飲ませる見世が桶屋かい。こりゃ妙だ」

「元は桶職人だってよ。風がろくに吹かねェんで鞍替《くらが》えしたらしい」

「風が吹かねェ？」

佐平次は呑み込めない顔をしている。

「有名な諺《ことわざ》を知らないかねえ、このもの知らず。風が吹けば桶屋が儲《もう》かると言うだろうが」

「あ、なある。行こ、源蔵。そこ、行こ」

佐平次は張り切って言った。

源蔵と佐平次はその夜、桶屋に一緒に行ったらしい。翌日は裁縫の稽古に出たので、お初は夜まで源蔵と話をする暇はなかった。

お初に妙なことを言ったのは兄の政吉だった。

お初が女中のお春《はる》を手伝って晩飯の仕度をしていると、ひと足先に戻って来た政吉がお初に口を開いたのだ。

「お初。お父っつぁんの話を聞いたか？」

「ううん、何も。今日はお稽古に行ったから、お父っつぁんの顔も朝に見たきりよ。二日酔いみたいだったわね、お父っつぁん」

「ゆんべ、薬研堀の飲み屋に宝屋の小父さんと行っただろ？　そこで小父さんは以前に仕事を世話した品川の漁師とばったり会ったそうだ。漁師は江戸に出て来て、薬種《やくしゅ》屋《や》の下働きをしている。でな、藪入《やぶい》りの時、その男は久しぶりに品川に帰ったそうだ。帰りゃ、ダチと会いたくなるだろうが。なじみの見世で一杯やっていたらよ、傍で陰気な面《つら》をして酒を飲んでる男がいたそうだ」

「だ、誰？　栄蔵さん？」

お初はすぐに言った。

「はっきりはわからねェ。ただ、男の話じゃ江戸者らしいということだった」

「何をしていたの？　ただ品川に立ち寄っただけ？」

「品川の岡場所で妓夫《ぎゆう》をしているらしい」

品川には妓楼が軒《のき》を連ねる一郭がある。

妓夫は客引きをする男のことだった。お初の胸は塞がった。何も品川くんだりでそんなことをしなくてもいいのにと思う。

「何んかよう、青膨れした顔をして、片足を引き摺っていたらしい」

「それ、本当に栄蔵さんなの？」

信じられない気がした。

「だから、おれはよくわかんねェよ。詳しいことはお父っつぁんに訊けよ」

政吉は面倒臭そうに応えた。

源蔵が戻って来ると、お初はすぐさま源蔵に話を急かした。

「まあ、落ち着きな」

源蔵は軽くお初をいなすと晩酌の用意を言いつけた。

お初は慌てて燗《かん》をつけると、源蔵に猪口を持たせて酌をした。

「とんだ、ぬる燗だ」

源蔵は嫌味を言ったが、すぐに話をしてくれた。薬種屋の男はどうして品川までやって来たのかと傍の男に訊いた。すると、栄蔵らしい男は、火事で店を焼き、おまけに母親まで死んだんで生きているのがいやになったと応えたという。ちょうど目の前に品川行きの舟が出るところだったので、それにひょいと乗ったらしい。それから品川の妓楼に揚《あ》がり、後のことも考えず大騒ぎした。

翌朝、勘定の催促に来た番頭に男は一文なしだと応えた。男は見世の妓夫に袋叩《だた》きにされ、その時、足をおかしくしたらしい。それから蒲団部屋に押し込まれた。

見世の主と番頭は男をどうするか相談したが、親きょうだいもいないのでは付け馬をやっても無駄だろう。ここは見世で働かせて遣った銭を取り戻そうということになったという。

聞いていたお初の眼が濡《ぬ》れた。

「お初。聞いただろ？　もう栄蔵さんのことは諦めるんだよ。あの男はおしまいさ」

お久は言った。

「栄蔵さんと会いたい。後生だ、お父っつぁん。あたしと品川に行って」

お初は涙ながらに縋《すが》った。

「そう言うと思ったよ」

源蔵は短い吐息をついて応えた。

「お前さん！　行っても無駄と言うもんだ」

お久の声が尖《とが》る。

「だけど、このままじゃお初は了簡《りようけん》しねェぜ。栄蔵と会って、それでどうするか決めるのはお初だ」

源蔵は鷹揚《おうよう》に言う。

「ありがと、お父っつぁん」

お初はつかの間、笑顔になった。

「その男が栄蔵さんではありませんように」

お久は神棚に拝む。

「栄蔵だよ」

政吉はぶっきらぼうに応える。お久は加減もせず政吉の腕を叩いた。

「痛《いて》ェな。いいか、おっ母さん。物事はこっちの都合よくは行かねェんだ。藤城屋を見ろよ。あすこの娘は栄蔵に岡惚《おかぼ》れしてただろうが。栄蔵が火事になると掌《てのひら》を返したように別の男と祝言を企《たく》んだ。ところが、相手の男には言い交わしていた女がいた。可愛さ余って憎さ百倍。とうとう刃物沙汰だ。仮によ、お初が栄蔵に見切りをつけて別な男と一緒になってみな。おっ母さんは安心するだろうが、栄蔵が戻って来た時、栄蔵は人のものになっているお初を見てどう考えるよ」

　政吉は試すように訊く。

「そりゃ、仕方がないと思うしかないだろうよ」

「倖せになっているなら栄蔵も男だ。仕方がねェと諦めるだろうよ。だが、お初の亭主がとんだ喰わせ者でお初を泣かせる男だったら栄蔵は黙っちゃいねェぜ。今度ァ、栄蔵が刃物沙汰を起こす。栄蔵はお初以外に怖いものなんざありゃしねェ。きっとやるぜ」

「兄さん……」

「どうしたらいいんだ。どうしたら……」

　お久は袖で眼を拭《ぬぐ》う。

「会わせてやんな。それでお初の気が済む」

　政吉はお久を宥めるように言った。

「お前《め》ェ、結構、しっかりしてきたじゃねェか。そいつはおせんのお仕込みけェ」

　源蔵はからかった。政吉はこっそりおせんとつき合っている様子があったからだ。

「おきゃあがれ。おれだってな、一応、お初の兄貴だからよ。妹のことは案じているわな」

「おやそうけェ。そいつは畏《おそ》れ入谷《いりや》の鬼子母神《きしもじん》さまでェ」

源蔵は冗談に紛らわした。

栄蔵に会ったら何んて言おう。お初は床に就《つ》いてから長いこと思案していた。一文なしでも、宿なしでも構わないと強く思う。

怪我《けが》をした足は腕のいい骨接医《ほねつぎい》に見せて、きっと治してやる。栄蔵はお初が生まれて初めて心を魅《ひ》かれた男だった。おいそれとは諦めることなどできない。

いや、それは栄蔵が傍にいる時はさほど感じなかった。去られて改めて栄蔵が自分にとってどれほど大切な人間かわかったのだ。

その気持ちは日一日と強くなっていく。

帰ろ、栄蔵さん。江戸に帰ろ？　お初は栄蔵の澄んだ眼に言いたい。

お初は何度も寝返りを打った。

日本橋の舟着場から品川行きの舟に乗ったのは、それからひと廻り（一週間）後のことだった。品川行きには佐平次も同行した。向こうで職を求めている人間を集める目的もあったからだ。

日本橋川を抜け、海に出ると、海は秋の色だった。夏の季節には青々としていたものが、秋になると、その青に僅《わず》かに鉛色が混じる。

だが、お初の頰を嬲《なぶ》る風はさほど冷たくなかった。

「いいねえ、海は」

佐平次はうっとりした声で言う。

「お前ェ、泳げるのけェ？」

源蔵は訊く。

「駄目だ。金槌《かなづち》よ」

「やっぱりねえ」

「お前ェはどうよ」

「わっちは河童《かっぱ》の源蔵と言われた男さ」

「初めて聞くぜ」

「夏になると大川で侍ェが泳ぎの稽古をしているじゃねェか。わっちは傍で見物して、師匠の言うことをじっと聞いた。そいで試しにやってみたら、あら不思議。いつの間にか泳げるようになっていたのさ」

「源蔵は何んでも器用なんだよ」

佐平次は感心した声で言う。

「そ、わっちは器用。お前ェは、ぶ、ぶきっちょ」

「言うな」

「言うね」

相変わらずの二人の馬鹿話を聞きながら、お初は海の景色を飽かず眺めた。これから栄蔵と会うのだ。そのことが途方もなくお初の胸を弾ませていた。

未練の狐
　み
　れ
　ん
　き
　つ
　ね

一

両国広小路の水茶屋「明石屋《あかしや》」は葦簀《よしず》で囲った見世《みせ》の中に緋毛氈《ひもうせん》を敷いた床几《しょうぎ》を置き、そこへ座る客に茶を提供している。見世の奥には二階家がついていた。いや、見世はその二階家が本家本元で、葦簀張りの見世は二階家の前の往来を使用しているのだ。本来は人が通る所だが、日中はお目こぼしを許されている。ただし、店仕舞《じま》いとともに、すっかり片づけなければならない。二階家は特別な時以外、使われることはなかった。特別な時とは花火大会のような年中行事も含まれるが、その他に訴訟の話し合いとか、見合いの場合である。

その日、お初《はつ》は二階家の座敷にいた。

窓から階下の見世の様子は見えない。階下は天井も葦簀を張り巡らしているからだ。まるで窓の下に干物を拵《こしら》えるための簾《すだれ》を拡げているように思えた。時々、茶酌女《ちゃくみむすめ》達の笑い声や茶碗の触れ合う音が聞こえる。遠くに眼を向ければ大川を挟んで、対岸の本所《ほんじょ》の町並が眺められる。見世の手伝いをしていても、お初は、その二階家に上がることは滅多になかった。

そこからの景色をゆっくりと眺めたのも初めてだったかも知れない。

「若旦那は下戸《げこ》と伺っておりましたので、甘いものをご用意致しました。召し上がって下さいまし」

お初の母親のお久《ひさ》が如才なく塩瀬《しおせ》の饅頭《まんじゅう》をのせた菓子皿を勧める。緊張した顔で頭を下げたのは呉服屋「上総屋《かずさや》」の息子である。上総屋は、本所では中堅どころの店だった。

息子の駒蔵《こまぞう》は今年三十三になるという。引っ込み思案の性格が仇《あだ》となって、未《いま》だに独り身だった。

仲人が見合いの話を持って来たのは、ほんの十日前である。今はそんな気になれないと、お初は再三、断ったのだが、お久は会うだけ会ってごらんと強引だった。お初が栄蔵《えいぞう》のことを忘れるためには、別の相手が必要だとお久は考えていた。

駒蔵の父親も縁談が持ち上がると、毎日のように明石屋を訪れ、お初の様子を窺《うかが》っていた。意地を通し切れず、お初は渋々、駒蔵と見合いする羽目となったのだ。

なに、気に入らなきゃ断ればいいんだとお久は簡単に言うが、見合いしたとなったら、縁日《えんにち》だの、芝居見物だのと、相手は誘いを掛けてくるだろう。誘いに応じることも、断ることも、その時のお初には煩《わずら》わしかった。

駒蔵は黒文字《くろもじ》を器用に使って饅頭を頬張る。

大《だい》の男が菓子を食べる様子を、お初は不思議な気持ちで見ていた。父親にしろ、兄にしろ、菓子より酒の味を喜ぶ男達に囲まれていたせいだろう。

お初は菓子に手をつけず、茶酌女のおきんが運んで来た茶を飲んだ。玉露の芳醇《ほうじゅん》な香りが僅《わず》かにお初の気持ちを和《なご》ませた。仲人とお久の話を虚《うつ》ろな気持ちで聞きながら、お初の眼は、時々、開け放した窓に向かう。大川の水の色がきれいだ。その水は江戸湾に流れ、そして品川へと繋《つな》がっていると思った。

ひと月前のことが今でもお初の脳裏に鮮明に甦《よみがえ》る。栄蔵が品川の遊女屋の妓夫《ぎゆう》（客引き）をしているらしいと聞いて、お初は品川に行きたいと思った。会っても無駄だとお久は言ったが、お初は承知しなかった。栄蔵と会って話をしなければ気持ちは収まらなかった。幸い、父親の源蔵《げんぞう》と、その友人の佐平次《さへいじ》が同行してくれた。

品川に着いても栄蔵の働いている見世はなかなか見つからなかった。街道沿いには宿屋や遊女屋がひしめくように軒《のき》を連ねていた。

方々《ほうぼう》に訊《き》いて、ようやく栄蔵らしい男のいる遊女屋を突き留めた時は、早《は》や、夕暮れになっていた。栄蔵は通り過ぎる客の袖を摑《つか》んで客引きをしていた。しばらく会わない間に栄蔵の人相はすっかり変わっていた。狡猾《こうかつ》で荒《すさ》んだ表情だった。近寄って声を掛けようとしたお初を源蔵が止めた。

見世はこれからかきいれ時だった。商売の邪魔になるし、満足に話もできないだろうと言った。源蔵も水商売をしている立場なので栄蔵を慮《おもんぱか》ったのだ。ひとまず三人は宿に入り、翌日を待つことにした。源蔵と佐平次はお初に構わず飲み始めた。その調子では、朝早く起きられそうにないとお初は思った。それに栄蔵も昼夜さかさまの暮らしなので、せっかく訪ねて行っても会えない恐れがあった。お初は先に床に就《つ》いたが、様々なことを考えると眠ることができなかった。

お初は夜明け前から起き出し、身仕度を調《とと》えると、いぎたなく眠っている源蔵と佐平次に気づかれないように、そっと部屋を出た。そのまま栄蔵の見世に向かった。

歩いている内に東の空は紫色に染まり、夜が明けてきた。見知らぬ町を一人で歩くのは不安だったが、それより、栄蔵に会いたいという気持ちの方が勝《まさ》っていた。

栄蔵は見世の前に出している床几に座り、寒そうに懐手《ふところで》をして、いねむりしていた。泊まった客を送り出すまで、栄蔵の仕事は仕舞いにならない。縞《しま》の着物の上に見世の屋号を染め抜いた半纏《はんてん》を着ていた栄蔵は眉間《みけん》に皺《しわ》を寄せて眠っていた。

お初は眼を閉じている栄蔵を少しの間、眺めてから、そっと肩を揺すった。

栄蔵は眼を開けたが、そこにお初が立っていたことが信じられないという表情だった。

「どうしたい」

栄蔵は吐息をついてようやく訊いた。

「お父っつぁんと宝屋《たからや》の小父《おじ》さんと一緒に昨日来たのよ」

「そうけェ」

「あの二人が一緒だと、話もできないと思って、あたし、一人でここまで来たの」

「相変わらず思い切ったことをするよ。若い娘の一人歩きは品川だって危ねェんだぜ」

「わかっている。でも、こうでもしなきゃ、栄蔵さんとは会えなかったでしょう?」

「浜に行こう」

栄蔵は興味あり気な仲間の視線を感じるとお初を促《うなが》した。

「ちょいと野暮《やぼ》用ができたんで、小半刻《こはんとき》(約三十分)ほど抜けるぜ」

栄蔵は仲間の妓夫に声を掛けた。三十がらみの妓夫は「あいよ」と、気軽に応えたが、その後で下卑《げび》た冗談を言った。お初は身の縮《ちぢ》む思いがした。

見世の前の通りを横切り、立ち腐れたような民家の間を抜けると、目の前に砂浜が拡がっていた。凪もなく、浜辺は小さな波が寄せては返していた。朝陽《あさひ》が穏やかな海に反射してきらきら光って見えた。

「お初ちゃんには迷惑を掛けた」

栄蔵は低い声で言った。足の傷は、すっかり治ったようだ。お初は、ほっと安心していた。

「それは、もういいのよ」

「おいらが品川にいることは誰から聞いたのよ」

「宝屋の小父さんが、飲み屋さんで偶然に仕事を世話した人と会ったんだって。その人、品川の出だったのよ。藪入《やぶい》りでこっちに帰った時、栄蔵さんと言葉を交わしたそうよ」

「覚えちゃいねェ」

「栄蔵さんは、その人に家が火事になって、おっ母さんを亡くしたと言ったのよ。小父さんは、すぐに栄蔵さんだって当たりをつけたの」

「それでか」

「ええ」

「いらねェことを喋《しゃべ》ったもんだ」

栄蔵は自嘲的に言い、小石を拾って海に放った。小石は水面を二度ほど跳《は》ねてから海に沈んだ。

「器用ね。それ、どうやるの」

お初は自分も小石を拾って投げた。だが、小石は無粋《ぶすい》な音を立てて沈んだ。

「なるべく平べったい石を選んでよ、斜めに掬《すく》い上げる感じで放るのよ。ほれ、こうだ」

栄蔵はもう一度やってみせた。今度は三度も水面を跳ねた。

「すごい、すごい」

お初は何度か小石を放り、ようやく小石を跳ねさせることができた。栄蔵は掌《て》を叩《たた》いて笑った。

だが、栄蔵はすぐに笑顔を消し「お初ちゃん。おいらのことは忘れてくれ」と言った。

「江戸には戻らないつもり?」

お初は栄蔵の視線を避けて訊く。

「おいらは、もう八百清《やおせい》の栄蔵じゃねェ。薄汚《うすぎた》ねェ女郎屋の妓夫だ。お初ちゃんの亭主になる資格はねェ」

「どうしてこんなことになったの？　火事で店が丸焼けになったから？　栄蔵さんのおっ母さんが亡くなったから？」

「まあ、それも理由の一つだが……」

「あたしは、栄蔵さんの支《ささ》えにならない女だったのね」

お初がそう言うと、栄蔵はつかの間《ま》、黙った。それから低い声で言った。

「初めてお初ちゃんに会った時、おいら、胸がどきどきした。さ、それから寝ても覚めてもお初ちゃんのことばかり考えていた」

「そう……あたしもよ」

お初は少し笑ったが、眼は濡《ぬ》れた。

「縁日に行ったよな。広小路の芝居小屋にも行った。花火も一緒に見た。楽しかったぜ」

「ええ。楽しかった」

「あんまりお初ちゃんに惚《ほ》れてたから、おいら、その内に神さんに仇《あだ》されるんじゃなかろうかと心配になった。死んだ親父が言っていたんだ。金でも女でも、ほしいほしいと追い掛けると、手許からするりと抜けるってな。金はほどほどにあればいいし、女はとことん惚れた女より、二番手、三番手辺りがうまくいくそうだ。火事に遭《あ》って、お袋も焼け死に、何も彼《か》もなくなっちまうと、おいら、親父の言葉を思い出した。そら見たことかと」

「それで、あたしの前から消えたのね。勝手な理屈だ。残されたあたしはどうなるのよ」

「すまねェ……」

「あたしは栄蔵さんを待っていたいのよ」

お初は切羽詰まった顔で栄蔵の半纏の袖を摑んだ。栄蔵はそれをさり気なく払った。

お初は胸にちくりと痛みを覚えた。栄蔵に拒絶されたのはそれが初めてだった。

「勘弁しつくれ。お初ちゃんは、おいらじゃなく、別のまっとうな男の嫁になっつくれ」

「あたしが他の人と所帯を持っても、栄蔵さんは平気だと言いたいのね」

「………」

「あんたのいとこの友次郎《ともじろう》さん、亡くなったのよ」

黙った栄蔵の気を惹《ひ》くようにお初は言った。

「本当けェ？」

栄蔵はぎょっとしてお初を見た。

「友次郎さんはおふじさんの家に養子に入ることになっていたの。でも、友次郎さんにはつき合っていた人がいたのよ。おみよさんっていう人よ。仮祝言の日に、おみよさんは匕首《あいくち》を忍ばせて平清《ひらせい》にやって来て、それで友次郎さんを刺したのよ」

友次郎のことが衝撃だったようで、栄蔵は両手で顔を撫《な》で下ろして深いため息をついた。

「友次郎さんと栄蔵さんはよく似ていると思ったよ。きっちりけりをつけずに都合の悪いことから逃げ出すんですもの」

お初は皮肉な言い方をした。

「おふじちゃんは、大変だったろうな」

「そうね。大変だったみたい。でも、あの人はあたしと違って意地が強いから、すぐに持ち直すと思う。どうせなら、栄蔵さんは、おふじさんと祝言を挙げていたらよかったのよ」

「お初ちゃん……」

「そうしたら、栄蔵さんはこんな所にいなくてもよかったはずよ。来なけりゃよかった。あたし、栄蔵さんの哀れな姿なんて見たくなかった。死んでよ。いっそ、死んでよ。そうしたら諦《あきら》めもつくから」

お初は涙をこぼして激しい言葉を投げつけた。その時、ようやく源蔵と佐平次がやって来ていた。

「いやいや、朝から修羅場《しゅらば》けェ。品川くんだりまで来て、この様《ざま》はいただけねェよ、お初」

源蔵は冗談混じりにお初を制した。佐平次は宥《なだ》めるようにお初の肩に腕を回した。お初はたまらず佐平次の胸に顔を埋《うず》めた。

「栄蔵。少しはお初ちゃんの気持ちを考えな。やけになって妓夫をしてもどうなるもんじゃなし」

佐平次は厳しい声で言った。

「おいらは仕事があるんで、これで引けさせていただきやす」

栄蔵は構わず、踵《きびす》を返した。

「もう、お初のことはいいのけェ？」

源蔵はその背中に覆《おお》い被《かぶ》せた。

「話は済みやした。親父さん、もうおいらに構わねェで下せェ」

「そうけェ。だが、お初はお前《め》ェを簡単には諦めねェぜ。ま、気が変わったら、うちに来るこった。力になるぜ」

源蔵はさり気なく言う。栄蔵はそうするとは応えず、ぺこりと頭を下げて走り去った。

「さ、お初。気が済んだだろう。栄蔵はお前ェの知っている栄蔵じゃねェ。あいつはもう、お仕舞いよ」

「お仕舞いとか、そんなこと言わないで！」

お初は口を返した。

「そうだよ、源蔵。決めつけるな」

佐平次がお初の肩を持ってくれたのが、僅かに救いだった。お初は佐平次に支えられるようにして宿へ戻ると、さらに泣いた。泣いても泣いても新しい涙が湧《わ》いた。仕舞いには泣き過ぎて頭痛がしたほどだ。

その日の午後には舟で江戸へ戻って来たが、お初はそれから抜け殻《がら》のように暮らしていた。

「お初！」

お久の声が尖《とが》る。もの思いに耽《ふけ》っていたお初は慌てて視線を前に向けた。

「仲人さんが訊いているのに返事をおし」

「え？」

仲人が何か言葉を掛けたらしいが、お初はまるで聞いていなかった。

「お初さんは硬くなってるんですよ」

仲人の徳兵衛《とくべえ》は本所で裏店《うらだな》の管理を任されている五十がらみの男だった。駒蔵の父親とも懇意にしている。駒蔵に嫁のなり手がないのでひと肌脱ぐ気になったらしい。

「上総屋さんはね、毎年顔見世《かおみせ》狂言《きょうげん》の時にはご一家お揃《そろ》いで芝居見物をするそうだよ。今年はお前も一緒にどうかと誘って下さったんだ」

お久は嬉《うれ》しそうに言った。あわよくば自分も同行できるかも知れない。お久は期待している顔だ。お初はそんなお久をちらりと見てから、「ありがとうございます。でも、あたしは家の手伝いがありますし、裁縫の稽古《けいこ》も忙しいので、お気持ちだけいただきます」と、やんわりと断った。お久はやるせない吐息をついた。

「それは残念ですなあ。ねえ、駒蔵さん」

徳兵衛は駒蔵に言う。駒蔵は小さく肯《うなず》いた。

駒蔵は座敷に座ってから、ろくに話らしい話もしていなかった。引っ込み思案は本当らしい。それで親の商売を引き継げるのだろうかと、お初はいらない心配をした。

座敷にいた半刻《はんとき》(約一時間)ほどの間、ほとんど徳兵衛とお久の埒《らち》もない世間話で終始していた。

ようやく「それでは、ひとつよろしくお願い致します」と徳兵衛が頭を下げて腰を上げると、駒蔵もほっとしたように頭を下げた。

二人を見世の外まで見送ると、お久は大袈裟《おおげさ》なため息をついた。

「ありゃ、駄目だ」

「何んにも喋らなかったね」

お初は含み笑いを堪《こら》えながら言った。

「今まで何十回も見合いしているらしい。だが断られっぱなしだそうだ。無理もないよ。気《き》の利いたことのひとつも言えないんだもの。ま、茶代と座敷料を置いて行ったから、いいことにしよう。お初、ご苦労さん」

お久はにッと笑った。縁談を無理やり進める様子がなかったので、お初もほっとした。

「お二階、片づけますね」

茶酌女のおきんがお初に声を掛けた。

「あたしも手伝うよ」

お初は慌てて盆を取り上げると、おきんの後から続いた。

二

おふじは裁縫の稽古を休んだままだった。

祝言が駄目になってから家で塞《ふさ》ぎ込んでいるようだ。師匠のおとくは「おふじは、このまま辞《や》めてしまうのかねえ。もう少しで浴衣《ゆかた》が仕上がるのに」と独り言のように呟《つぶや》いた。おふじはまだ、女物の浴衣さえ仕上げていなかった。

「お初ちゃん。どうだろう、おふじの様子を見に行っておくれでないか」

おとくは、ふと思いついたように言った。

お初は稽古仲間のおしょうと顔を見合わせた。すぐに返答できなかったのは、今のおふじに会うのはお初も気が重かったからだ。

「いやかえ？」

おとくはお初の顔色を窺っている。

「いえ、別に」

お初は仕方なく応えた。

「よかった。こんなことを頼めるのはお初ちゃんしかいないよ。本当はあたしが訪ねて行けばいいんだが、あの子の顔を見たら泣いてしまいそうなんだよ」

言いながら、おとくはもう眼を潤ませた。

おしょうは無言で顎《あご》をしゃくった。お初はこくりと肯くと「わかりました。今日にでも行ってきます」と、おとくに言った。

稽古が終わると、お初は裁縫道具を家まで届けてほしいと、おしょうに頼んだ。

「それはいいけど、お初ちゃん、おふじさんに何んて言うのさ」

おしょうは心配そうだ。

「おっ師匠《しょ》さんの言葉を伝えるだけさ。このまま辞めるにしても浴衣は仕上げた方がいいよって」

「そうだね。でも、あの人、栄蔵さんのことを訊くかも知れないよ」

おしょうは上目遣《うわめづか》いでお初を見る。

「知らないって応えるよ。品川で落ちぶれていましたなんて、とても言えないもの」

そう言うと、おしょうは俯《うつむ》いた。それから洟《はな》を啜《すす》り出した。

「おしょうちゃん、泣かないで。あたし、平気だから」

「平気なものか。あたしにはわかる。お初ちゃんは人前では気丈に振る舞っているけれど、きっと毎晩、蒲団《ふとん》の中で泣いているんだ」

おしょうの言葉にお初は、ぐっと詰まった。

それは図星だった。

「もう、何んでもお見通しなんだから」

お初は悪戯《いたずら》っぽい顔でおしょうの太い腕を叩いた。

「おふじさんの話、後で聞かせてね」

おしょうは襦袢《じゆばん》の袖口で洟を拭《ぬぐ》うと、気を取り直して言った。

「ええ。おっ母さんに少し遅くなると伝えてね。いらない心配をするから」

「わかった」

おしょうは張り切って応えた。


両国橋を渡り、本所に入ると、お初は二ツ目《ふため》に向かった。八百清の跡地がいやでも目についた。塀をめぐらせたそこには丸太が積み上げられ、車輪の壊れた大八車《だいはちぐるま》も置いてあった。元はどこに入り口があって、どこが茶の間だったのか、お初には、もう思い出せなかった。壊れた大八車は今の栄蔵のように思えた。このまま栄蔵が戻らなかったら、その土地は栄蔵の伯父の持ち物になる。所有する土地が増えても息子を亡くしたのでは何もならない。人の倖せは財産があるなしとは関係がないのだと、つくづく思う。

藤城屋《ふじしろや》は材木の仲買をしている店である。

お初が訪ねた時、手代も番頭も出払っていたらしく「ごめん下さい」と声を掛けても、誰も出て来なかった。出直そうかと思った時、中から人の気配がして、おふじが顔を見せた。

「お初さん……」

おふじは驚いた表情でお初を見つめた。

「ご無沙汰《ぶさた》しておりました」

「それはお互いさま。今日はなあに？　しょげているあたしの顔を見に来たって訳？」

「あたし、そこまで意地悪じゃないつもりよ。おっ師匠さんから言《こと》づけを頼まれたので」

「そう、何かしら。とり敢《あ》えず上がって。散らかしているけれど」

おふじはお初を中へ促した。

茶の間には誰もいなかった。貸本屋からでも借りたらしい本が畳の上に放り出されていた。おふじは退屈を紛《まぎ》らわせるため、本を読んでいたようだ。

「一人でお留守番ですか」

本を手早く片づけ、座蒲団《ざぶとん》を勧めたおふじに訊いた。

「そ。でもいつもこうよ。うちのおっ母さん、出かけるのが好きな人なの」

おふじは皮肉な言い方で応えた。それから長火鉢の鉄瓶に手を触れ、湯が沸いていることを確かめると、台所に湯呑を取りに行った。

茶の間は広く、十畳はあった。長火鉢の後ろに立派な神棚があり、水天宮《すいてんぐう》と成田山のお札が祀《まつ》られていた。

「水茶屋さんにお茶を出すのは気が引けるけど」

おふじはそんなことを言って急須に茶の葉を入れ、鉄瓶の湯を注いだ。

「どうぞ」

おふじは茶の入った湯呑を差し出した。

「ありがとう」

お初は頭を下げた。

「それでおっ師匠さん、何んだって？」

おふじはお初の話を急《せ》かした。

「このまま、おふじさんがお稽古を辞めてしまうのかと、おっ師匠さんは心配して、あたしに訊いてほしいと頼んできたんです」

「そうね。もう、お稽古をする気にはなれない」

おふじはお初の視線を避けて言う。仮祝言の日に相手の友次郎が死んだことは、相当に衝撃だったと察せられた。おふじのことだから、案外、さばさばしているものとお初は考えていたのだ。

「でも、せめて浴衣は仕上げた方がいいのじゃないかしら」

お初はおずおずと言った。

「それもおっ師匠さんが言ったの？」

「あたしもそう思いました。気持ちが沈んでいる時は手を動かした方がいいから」

「あんたもそう？」

試すようにおふじは訊く。

「ええ。あたしもようやく落ち着きましたけど、ぼんやりすることが多くておっ母さんに叱られてばかり」

「あたしは叱ってくれる人もいない。皆んな、あたしの顔色を窺うばかりで」

おふじは寂しそうに言う。

「この間、あたし、お見合いしたんです」

お初はおふじの気を惹くように言った。

「あらあら、どなたと？」

「上総屋の息子さん」

そう言うと、おふじはぷッと噴《ふ》いた。

「あれはよした方がいいよ。役立たずのでくの坊よ」

おふじは小意地の悪い顔で吐き捨てた。

「ええ。おっ母さんもあの人は駄目だって。人前で満足に話もできなかった。三十過ぎても独りでいた訳ですよ」

「でしょう？」

おふじの表情がおかしくて、お初は声を上げて笑った。おふじもつられるように笑った。

「栄蔵さんの行方は相変わらず知れないの？」

だが、おふじはすぐに笑顔を消して訊いた。

「ええ、まだ……」

お初はごまかした。

「あたし、栄蔵さんのこと、昔から好きだった。でも、あの人は一度も振り向いてくれなかった。お初さんを見そめると、もう夢中で。あたし、とても悔しかった。だからね、火事になった時、正直、いい気味だと思ったのよ。栄蔵さんはこれでお仕舞いだと思って、あたしは友次郎さんと祝言することを考えた。でも、世の中、そううまくいかないものね。あんなことが起きるなんて。あたし、勝手なことばかりしてきたから、きっと罰《ばち》が当たったのよ」

「そんな罰だなんて。おふじさんのせいじゃありませんよ。友次郎さんが相手の娘さんを納得させなかったのが悪いのだから」

お初はおふじの肩を持つように言った。

「ありがとう、お初さん。友次郎さんがうちに入ってくれたら、あたし、了簡《りようけん》を入れ換えて、いいおかみさんになろうと決心していたのよ。それは本当よ。亭主に尽くして、倖せに暮らしたかった。でも、所詮《しよせん》、未練《みれん》の狐《きつね》だった」

「未練の狐？」

聞いたこともない言葉だった。

「そうよ」

「どういう意味ですか」

お初は怪訝《けげん》な顔で訊いた。おふじは眉《まゆ》を持ち上げ「あら、知らないの。それじゃ、言っても仕方がなかったわね。おあいにくさま」と、白けた顔をした。

おふじは未練の狐の意味をとうとう教えてくれなかったが、落ち着いたら稽古所に顔を出し、とり敢えず浴衣は仕上げると言ってくれた。おとくの用が足りたので、お初は安堵《あんど》する思いだった。


長居したつもりはなかったが、米沢《よねざわ》町の家に戻った時は、とっぷり陽も暮れていた。女中のお春《はる》は晩飯の仕度でてんてこ舞いをしているだろうと思い、慌てて勝手口に向かった。勝手口は家の横の小路を入った奥にあった。そこは隣家の壁に挟まれているので、昼間でも仄暗《ほのぐら》い。お初の足は唐突に止まった。目の前に二つの影がぴったりと寄り添っている。いや、激しく口を吸い合っていた。兄の政吉《まさきち》と茶酌女のおせんだった。


「あ！」

短い声を上げ、おせんはこちらを振り向いた。お初に気づいたのだ。政吉の胸を腕で押し、逃げるようにお初の横を通り抜けた。

「とんだところに出くわしちゃった」

おせんが去って行くと、お初は冗談混じりに言った。政吉は着物の襟《えり》を直す仕種《しぐさ》をしてから「お袋に喋るなよ」と念を押した。

「喋る訳がないよ。おっ母さん、具合を悪くしてしまう」

「こんな時刻まで、どこをほっつき歩いていたんだ」

政吉は自分のことを棚に上げて不愉快そうに訊く。

「ちょっと、おっ師匠さんに用事を頼まれて本所まで行って来たのよ」

「そうけェ……お前ェ、心持ちが普通でねェから、妙なことを考えるなよ」

「妙なことって？」

「そのう、大川に飛び込むとか、やけになって知らねェ男について行くとか……」

「ばかばかしい」

お初は苦笑した。

「宝屋の小父さん、また品川に行ったらしいぜ」

政吉の言葉に、お初の胸はどきりと音を立てた。

「どうやら、栄蔵の借金をきれいにしてやるつもりらしい。うちの親父も幾らか出したようだ」

「小父さん、一人で行ったの？」

「店の手代と一緒らしい。ま、表向きは人集めだ。鳶職《とび》の頭《かしら》が通りの修繕を請《う》け負ったが、人足《にんそく》が足りないらしい。この前品川に行った時、それとなく何人かに声を掛けたそうだ。それでこの度は話を煮詰める目的らしい」

「そう……」

「場合によっちゃ、栄蔵も人数に入れるかも知れねェな。そうなったらお前ェも安心するだろう」

「栄蔵さん、あたしに自分のことは忘れてくれって、はっきり言ったのよ」

お初は足許に視線を落として言った。

「まあ、お前ェには何も言わず姿をくらました手前、そう言うしかなかったんだろう」

「それより、兄さんはどうなのよ。おせんさんと、このままでいいの？」

「お、おれ？」

「そうよ。外でこそこそ会うより、ちゃんとした方がいい」

「そいつは難しいな。お袋はいやがるだろうし」

「おっ母さんのことはどうにでもなるよ。問題は兄さんとおせんさんの気持ちよ。もしも兄さんが所帯を持って、おせんさんと明石屋を守《も》り立ててくれるなら、これ以上のことはないよ」

「おせんはおれと一緒になれないと言った。だが、別れるのもいやだとよ。おなごの気持ちは、おれにはわからねェ」

「おせんさんは昔のことを負い目に感じているのよ。二度もご亭主を持ったから。兄さんが、そんなことは気にするなと言ってやれば安心するはずよ」

「おれはおせんより年下だし、男の甲斐性《かいしょう》もねェから、おせんも二の足を踏むのよ」

「でも、兄さんだって、女の人と色々とつき合ってきて、結局、おせんさんと一番馬が合うってわかったんでしょう?」

「色々たァ、何んだ」

政吉は苦笑して鼻を鳴らした。

「とにかく、うまくやって」

お初は政吉に景気をつけると勝手口の戸を開けた。

途端、女中のお春が「お嬢さん、今まで何をしてらしたんですか」と、甲高《かんだか》い声を上げた。

「どうしたのよ」

お春のただならない様子に、お初はそっと政吉を見た。政吉は慌てて雪駄《せった》を脱ぐと、まっすぐに奥へ向かった。訳がわからないまま、お初も後へ続く。お春は前垂《まえだ》れで顔を覆って泣き出したので、事情を訊くこともできなかった。

お久は蒲団に横になって眠っていた。お久が倒れたのだと知ると、お初の後頭部がちりちりと痺《しび》れた。枕許には源蔵が座っていた。

背中が丸くなって、ひどく老けて見えた。

「お久は朝から頭が痛《いて》ェみたいだった。わっちは寝てろと言ったんだが、見世の二階を使う客が来るから、そうしてもいられないと出かけたのよ。わっちも寄合の打ち合わせで外に出ていたから、見世に行ったのは夕方近くになった。見世にゃ、お久の姿がなかった。帰《け》ェったのかと訊くと、皆、首を傾《かし》げた。お久は愛想よく客を送り出したが、その後で、誰もお久が帰ェるところを見ちゃいなかったのよ。恐る恐る二階に上がって行くと、お久は鼾《いびき》をかいて寝ていた。額《ひたい》には脂汗《あぶらあせ》を浮かべてよ。それから大騒動だった。政吉もいねェ、お初もいねェ。わっちはつくづく心細かった」

源蔵はそう言って涙ぐんだ。

「おせんさん、今日は見世を休んだのね」

お初は詰《なじ》る眼で政吉を見た。おせんと政吉は示し合わせて遊びに行っていたらしい。もしも見世に出ていたら、政吉といちゃついている訳がない。自分も、裁縫道具をおしょうに頼まず、せめて見世に預かって貰っていたら、お久の異変に気づいたかも知れない。後悔がお初を苛《さいな》んだ。

「お父っつぁん、ごめんなさい」

　お初は源蔵の背中にしがみついて泣いた。

「医者は何んだって？」

　政吉は青ざめた顔をしていたが、存外にしっかりした声で訊いた。

「このまま意識が戻らなきゃ、覚悟してくれと言ったよ」

「いやあ！」

　お初は悲鳴のような声を上げた。政吉はがっくりと膝《ひざ》を突いた。

「お前ェ達、ろくにおっ母さんに孝行しねェから、この様《ざま》になったんだぜ。政吉、これからは了簡を入れ換えな」

「わかった……」

　政吉は素直に応えた。

　お久はそれから昏々と眠り続けた。お初はひと晩中、お久の傍《そば》についていた。政吉と源蔵も、その夜は茶の間で夜明かしした。

　夜明け前に、お久は突然、眼を開けた。

「おっ母さん、大丈夫？　しっかりして」

　お初は切羽詰まった声で言った。源蔵と政吉もお初の声に気づき、慌ててやって来た。

「政吉。身体に気をつけるんだよ」

お久はか細い声で政吉を案じた。政吉は固唾《かたず》を呑んで「ああ」と低く応えた。それからお初を見つめ「お初。好きな人と一緒におなり」と言った。

「おっ母さん、こんな時に何を言うの」

お初は涙声で詰る。

「お前さん、お前さん。子供達の力になっておくれね。お前さんは政吉とお初のお父っつぁんだから」

源蔵はうんうんと肯いて、お久の手を強く握った。お久はそれだけ言うと、また眼を閉じた。

三

お久はそれから間もなく息を引き取った。

最後に言葉を掛けてくれたのがありがたかったとお初は思う。好きな人と一緒におなり、とお久は言った。

「おっ母さん、好きな人って誰？」

意識が戻ったら、お初はお久に訊きたかった。決まっているじゃないか、それは栄蔵さんだよ、とお久に言ってほしかった。

年中無休が建て前の明石屋は休業の札を出した。茶酌女達はお久の弔いに手を貸してくれた。とりわけ、おせんの働きぶりは見事だった。台所と客間を何度も行き来して、弔問客の世話を焼いてくれた。事情を知らない者はおせんのことを政吉の嫁だと思ったほどだ。両国広小路で商いをする人々も悔《く》やみに訪れ、米沢町の家はごった返した。裁縫の師匠のおとくも弟子達を連れてお参りしてくれた。その中にはおふじもいた。皆、お久の早過ぎる死を悼《いた》んでくれたのが、お初にはありがたかった。

佐平次が訪れたのは、野辺送りが済んで、三日ほど経《た》った頃だった。佐平次は品川に行っていたので、戻るまでお久の死を知らなかったのだ。仏壇の前に座った佐平次は線香を点《つ》けて掌を合わせた後、しばらく位牌をじっと見つめていた。しゅんと洟を啜る音も聞こえた。

「勘弁してくれよ、お久さん。知らぬこととはいえ、通夜にも顔を出さねェでよ」

佐平次はお久が傍にいるように詫《わ》びていた。

「佐平次。仏壇に喋ったって始まらねェ。いいから、こっちに来て飲め」

源蔵はお久が亡くなってから、ほとんど飲みっぱなしだった。

「源蔵。いい加減に酒はやめろ。お久さんが角《つの》を出しているぜ」

佐平次は茶の間にやって来ると源蔵を叱った。

「本当けェ？」

子供のように源蔵は訊く。佐平次が肯くと、くうっと喉《のど》が鳴り、源蔵は咽《むせ》び泣いた。

「しっかりするんだ。お前ェにゃ、政吉もお初ちゃんもいる」

「ああ。佐平次、わっちを見捨てるなよ。わっちは寂しくて、寂しくて」

「わかった、わかった」

佐平次は源蔵の肩を叩いた。

「お父っつぁん、すっかり元気がなくなったの。小父さん、暇ができたら、いつでもうちに寄ってね」

お初は佐平次に茶を勧めながら言う。

「お初ちゃん。栄蔵の見世の親仁《おやじ》と話をして、借金の片をつけたぜ」

佐平次はお初を安心させるように言った。

「そうですか……お世話を掛けました」

お初は俯きがちになって礼を言った。葬式騒ぎで栄蔵のことを考える暇もなかった。

お初にとっては僅かな救いだった。

「それで栄蔵は江戸に戻って来るのけェ？」

源蔵は人差し指で鼻の下を擦《こす》って、佐平次を見た。

「それが、うんとは言わねェのよ。金は働いて返すと意地を張って、しばらくは向こうにいる様子だった」

「だが、借金をきれいにしたんだから、栄蔵がその気になれば、いつでも戻れるんだな」

源蔵は確かめるように訊く。

「ああ。ちゃんと証文も取って来たわな」

「そいつを聞いて安心した。お初、もう少し辛抱しな」

源蔵は慰めるように言った。

「あたしは別に……」

「別に何よ。それとも上総屋の九分九厘《くぶくりん》の所へ嫁に行くかい」

「お父っつぁん、悪い冗談だ」

九分九厘は頼りない人間のことを貶《おとし》める言い方だった。

「ま、この先どうなるかは、お天道さまでもご存じあるめェというものだが」

佐平次の顔を見て落ち着いたのか、源蔵はいつもの口調で言う。

「そうそう。まさか、お久さんがこんなことになるなんて夢にも思わなかったよ」

佐平次が応えると、源蔵の表情がまた崩れた。仕舞いには二人で手を取り合って泣いた。

当分の間、二人はお久のことで泣き続けるのだろうとお初は思う。二人は笑い上戸であるとともに、泣き上戸でもあった。

お久が亡くなろうが、どうしようが、両国広小路は相変わらず人の往来があり、床《とこ》見世《みせ》(住まいのつかない店舗)の者は客を呼び寄せるために声を張り上げる。十月、十一月、暦は変わる。季節も変わる。

師走《しわす》に入ると、雪が降った。明石屋も茶を飲むより暖を取る目的で立ち寄る客が多くなった。見世の中央に大きな火鉢が置かれ、客はそれを取り囲むようにして茶を飲んでいる。

客同士が気軽に言葉を交わすようになったのは火鉢の効用かも知れなかった。

江戸の人々はそろそろ正月の仕度に追われ始めたが、お初の家は喪に服さなければならないので、その必要はなかった。少し、呑気《のんき》ができると思ったのもつかの間、政吉は風邪を引いて寝込んでしまった。

お初は政吉に薬を飲ませたり、お粥《かゆ》を拵《こしら》えたりして看病した。

おせんが見舞いにやって来たのは、政吉が寝ついて二日目のことだった。おせんは見世の途中で抜け出して来たらしい。

「お初ちゃん。若旦那の具合はいかがですか」

おせんは勝手口から遠慮がちに入って来て台所にいたお初に声を掛けた。

「兄さんが季節の変わり目に風邪を引くのはお決まりのことだ。あまり心配しないで」

そう言うと、おせんは薄く笑った。

「上がって、兄さんの顔を見て行ったら？　兄さん、きっと喜ぶ」

「でも……」

おせんは逡巡《しゅんじゅん》した表情だった。

「おせんさんが遠慮しなければならない人はいなくなった。もう、この家に大威張りで出入りしていいのよ」

「お初ちゃん……」

「兄さんと一緒になってよ。それで二人で明石屋を守り立ててよ。そうしたら、あたしも安心する」

「でも、旦那さんが」

「お父っつぁんのことは大丈夫。あたしがちゃんと言うよ。兄さんはおせんさんじゃなきゃ駄目みたい」

「本当ですか」

「ええ」

お初は笑って応えた。おせんは小さく頭を下げると、政吉の部屋へ向かった。

「さてと、来年の春は祝言だ」

お初は独り言のように呟くと、流しで洗いものを始めた。

おせんは見世のことを気にして、間もなく部屋から出て来た。

「あの様子じゃ、もう一日、二日寝ていたら治りますね」

おせんは安心したように言い「それじゃ、また明日にでも若旦那の様子を見に来ますよ」と土間の履物に足を伸ばした。その時、ふと思い出したように「二、三日前、栄蔵さんらしい人が両国橋の方へ歩いて行くのを見掛けましたよ」と言った。

お初は驚いておせんの顔を見た。

「もしかして人違いだったのかも知れないけど……」

おせんはあまり自信がなさそうだった。

「江戸に戻って来たとすれば、宝屋の小父さんの所に顔を出すはずよ。小父さん、昨夜《ゆうべ》もうちへ来ていたけど、そんなことは言っていなかった」

「どうして栄蔵さんが宝屋の旦那の所へ寄るんですか」

おせんは腑《ふ》に落ちない様子だった。

「小父さん、栄蔵さんの借金をきれいにしてくれたのよ。栄蔵さんはそれを働いて返すって約束したの。お金の工面ができない内は戻れないんじゃないかしら」

「借金はいかほどでしたんですか」

「はっきりは知らないけど、三両ぐらいだと思うけど」

「三両ねえ……」

「年内は無理だと思わない？」

「そうですねえ」

「だから、きっと人違いよ」

お初は決めつけるように言った。おせんはそれ以上、何も言わず見世に戻って行った。

だが、お初は気持ちが穏やかでなくなっていた。おせんの見た男が栄蔵ならば、両国橋を渡り、本所へ行ったのだ。自分の家の跡を見て、それから深川の伯父を訪ね、今後のことを相談したのかも知れない。

自分に連絡を取るだろうか。品川での経緯《いきさつ》を考えたら、その望みは薄いような気もする。

なりゆきに任せるしかない。お初は唇を噛《か》み締めて、土鍋の底に束子《たわし》を掛けた。

四

年が明けた元旦から明石屋は見世を開けた。

初詣で帰りの客が押し掛け、明石屋は猫の手も借りたい忙しさだった。

晴れ着を着たおふじがおとくと一緒に明石屋に寄ってくれたのは、客が一段落した午後のことだった。

「まあ、おっ師匠さんまで。ようこそお越し下さいました」

お初は笑顔で二人を火鉢の傍に促す。だが、おとくはお天気がいいので、見世前の床几でいいと言った。

「お初さん。今年はお互い、おめでとうは、なしね」

おふじは薄く笑った。

「そうですね」

「おふじが、ひょいと顔を見せてくれてね、あたしも暇を持て余していたから、お初ちゃんの見世で甘酒でも飲もうよということになったのさ」

おとくは嬉しそうに言う。おとくも普段着ではなく、その日は薄紫の鮫小紋《さめこもん》の着物だった。いつものおとくより若やいで見えた。

「それは畏《おそ》れ入ります。おきんさん、ここ、甘酒二丁」

お初は声を張り上げた。「へーい」と間延びした返答があった。

「お初さんは明日も忙しいのでしょうね」

おふじは少し気後れした顔で言った。

「お初ちゃん。明日おふじの家でカルタ遊びをするそうだ。うちの弟子達も招待されたんだよ」

おとくは言い添える。

「そうですか。おしょうちゃんも?」

「当たり前じゃないか。おしょうちゃんだけのけ者にする訳がないよ」

おとくは当然という顔で応える。

「おっ師匠さんもご一緒ですか」

「あたしは遠慮するよ。せっかくの楽しみに、あたしがいたんじゃ水を差すことになる。皆んなでわいわいやればいいのさ」

「お嬢さん。おいでなさいまし。見世はあたし等《ら》で何んとかなりますから」

話を小耳に挟んだおきんが甘酒を差し出しながら言った。

「あら、よかったこと」

おとくは無邪気に掌を叩いて喜んだ。それに対し、おふじは曖昧《あいまい》に笑っただけだ。だが、その時、おふじが何を考えていたのかなど、お初は知る由もなかった。

家に戻って源蔵に翌日のことを伝えると「行って、楽しんできな」と鷹揚《おうよう》に応えてくれた。

「お父っつぁん。宝屋の小父さん、何か言ってなかった？」

「何かって？」

「栄蔵さんのことよ」

「別に何も言っていなかったぜ。だが、それがどうした」

「何んでもないの。気にしないで」

お初は逃げるように源蔵の傍から離れた。

お久の部屋に行き、簞笥《たんす》を開け、翌日の着物を物色した。お久は自分が若い頃に着た着物を、洗い張りに出していた。おっ母さんがいたら、着物はこれにおし、帯はこれでと、あれこれ口を挟むのだろうなと思った。母と娘の時間は、もう二度と訪れない。それがお初には寂しかった。

喪に服しているので、あまり派手な恰好は禁物である。お初は小豆《あずき》色の無地の着物にひわ色の帯を合わせることにした。肩に当てて鏡を覗《のぞ》くと、顔が締まって見える。少し、痩《や》せたかも知れないと思った。

襦袢に半襟を掛け、足袋《たび》を揃《そろ》え、お初は床に就くまで、翌日の準備に余念がなかった。

おふじの家にはおしょうと一緒に向かった。

手土産に、取り引きしている葉茶屋の玉露を用意した。おしょうは九年母《くねんぼ》の包みを提げていた。

「お初ちゃん。いい着物だねえ」

おしょうはしみじみと言った。

「おっ母さんのお下がりよ」

「あたしもおっ母さんのお下がり。でも、体格が違うから、大慌てで縫い直したのさ。襟のところ、少し皺が寄っちゃったよ」

「全然わからないよ。さあ、行こうか」

お初はおしょうを促した。

「だけど、あたしまで誘ってくれるなんて、おふじさん、どうした風の吹き回しだろう」

おしょうは歩きながら訝《いぶか》しい表情になった。

「お弟子さんは皆、よばれているのよ。おしょうちゃんだけ仲間はずれにしないよ。そんなことしたら、おっ師匠さん、眼を吊り上げておふじさんを叱るに決まっている」

「そうか、そうだね」

おしょうは、ようやく嬉しそうに言った。

いつもは静かな藤城屋も、その日ばかりは若い娘達の歓声に包まれた。

いろはガルタばかりでなく、双六、お手玉、羽根突きと、娘達は子供の頃に戻って遊びに夢中になった。お初は久しぶりに、おしょうと羽根突きをして額に汗が滲《にじ》んだ。手巾《しゅきん》で汗を拭って座敷に戻ると、焼いた餅《もち》を入れたぜんざいの椀、安倍川《あべかわ》餅、ごま餅、煮しめの大皿が並んでいた。

「たんと召し上がって下さいね」

おふじの母親が笑顔で言った。楚々《そそ》とした美人である。おふじと姉妹だと言っても通用するだろう。だが、母親のおみさはおふじと血の繋がりはない。おみさはおふじの父親の後妻だった。

娘達は嬉しそうに、好みの食べ物を手に取る。おしょうはぜんざいの椀を三つ平らげ、その上、安倍川餅とごま餅をひとつずつ、煮しめをひと皿食べた。それにはさすがにお初も驚いた。肥えた身体をしている訳だ。

「お口直しにおしょうちゃんのお持たせの九年母もお出ししましょうね」

おみさは娘達の箸《はし》が止まると、気を利かせて台所に声を掛けた。

「もう、おなかいっぱい」

おしょうが腹を摩《さす》ると、娘達は声を上げて笑った。おふじは茶の入った湯呑を配りながら緊張した表情だった。招待した手前、粗相があってはならないと思っているのだろうかとお初は思っていた。

障子が開き、店の若い者が九年母を積み上げた盆を差し出した時、おしょうは「あッ」と短い声を上げた。

おしょうの声に何気なくそちらを見たお初の表情も凍った。九年母を持って来たのは藤城屋の半纏を羽織った栄蔵だった。

栄蔵はすぐに戻って行ったが、お初は湯呑に視線を落としたまま、何も言えなかった。

なぜ栄蔵はおふじの家にいるのだろう。なぜ、おふじは自分を家に呼んだのだろう。幾つものなぜが頭の中を駆け巡り、お初は訳がわからなくなった。

「おしょうちゃん。あたし、帰る……」

お初はぽつりと言った。

「そうだね。あたしも一緒に帰るよ」

おしょうも力のない声で応えた。他の娘達は事情がわかっていない者も多かったので、お初の様子が変わったことを、どうしたのかと小声で囁《ささや》き合っていた。

「小母《おば》さん。本日はご馳走さまでございました。ありがとうございます。これでお暇《いとま》させていただきます」

お初はおみさに頭を下げた。おふじはその横で押し黙っていた。

「もう少し、ごゆっくりなされればよろしいのに。晩ごはんも仕出し屋さんに注文しているんですよ」

おみさは引き留める。

「おしょうちゃん。あんたは残ってご馳走になったら？　あたしは見世の手伝いがあるから」

お初はそう言った。おしょうは仕出し料理と聞いて、迷った表情になっていたからだ。

「いいの？」

気の毒そうにお初に訊く。

「もちろん。それじゃ、皆さん、お先に」

お初は早口に言って座敷を出た。おみさが慌てて後を追って来て、きれいな千代紙で包まれたものを渡してくれた。

「金平糖《こんぺいとう》よ。お口に入れながらお帰りなさいまし」

「ありがとうございます」

包みを袖に入れると、履物に足を通した。

前屈《まえかが》みになると、どっと涙が溢《あふ》れた。

あたしが何をした。あたしがどんな悪さを働いた。こんな仕打ちを受ける覚えはありゃしない。お初は嗚咽《おえつ》を堪えながら通りを歩いた。

両国橋は正月気分に浮かれた人々で混雑していた。お初は人にぶつかりそうになりながら、歩調を弛《ゆる》めず、ぐんぐん歩いた。その日のお初は、そのままどこまでも歩いて行けそうな気がしていた。

「お初ちゃん」

後ろから肩を摑まれた。振り向くと、栄蔵が荒い息をして立っていた。お初が帰ったと知ると、慌てて後を追って来たらしい。いつものお初なら、藤城屋に厄介になっている理由をさり気なく訊いただろう。だが、その時は頭に血が昇っていた。

「栄蔵さん。あんた宝屋の小父さんにお金を返したんでしょうね。それで、ちゃんとお礼を言ったんでしょうね」

お初はいきなり言った。

「いや、まだだ。その内に顔を出そうとは思っているんだが」

栄蔵はおずおずと応えた。

「返しなさいよ。借りたお金、返しなさいよ！」

お初は大声で叫んだ。通り過ぎる人々は何事かと見ている。

「何もこんな往来で……」

栄蔵はお初を欄干《らんかん》の方へ促そうとした。お初はその手を邪険に払った。

「あんたの顔なんて見たくもない。おととい来やがれ！」

お初はまた大声で叫ぶと、踵を返した。栄蔵はそれ以上、追い掛けては来なかった。

両国広小路に出ると、お初は明石屋に向かった。見世の隅で源蔵と佐平次が将棋を指していた。

「あら、お嬢さん。早かったですね」

おきんが声を掛けた。

「気分が悪くなって帰って来たのよ。あんな家、二度と行くものか」

お初は吐き捨てるように言ってから、袖の中の金平糖をおきんに渡した。おきんは怪訝な顔でぺこりと頭を下げた。

「お父っつぁん。将棋に負けてもやけを起こさないのよ」

お初は二人の傍に座って、そう言った。

「何を言いやがる。今日のわっちはついているのよ。佐平次の負けっぱなし」

「そうなの?」

「うそうそ。源蔵が勝ったのは一度だけ」

佐平次は悪戯っぽい顔で応えた。

「おもしろくなかったのけェ?」

将棋盤に眼を落としながら源蔵が訊いた。

栄蔵のことは話したくなかった。

「お父っつぁん。未練の狐って言葉、聞いたことがある？」

お初はふと思い出して言った。

「未練の狐？」

「ええ。おふじさんが前に言っていたの。でも意味は教えてくれなかった」

「わっちも知らないねェ」

「そう……」

「おれは聞いたことがあるような気がする。あれはいつのことだったかなあ」

佐平次は眉間《みけん》の辺りを指で摘《つま》んで思案した。

「また、いい加減なことを言う。そんな妙ちきりんな文句、誰も知らねェよ」

「思い出した。源蔵のお袋だ！」

だが、佐平次は張り切った声を上げた。

「お袋？」

「ほれ、お前ェがお久さんと一緒になる前、浅草の質屋の娘に岡惚《おかぼ》れしたことがあったろうが」

佐平次が続けると「そんなこともあったかねえ」と、駒を置きながら源蔵ははぐらかした。

「あの娘のてて親は評判の頑固者で、娘の連れ合いは堅い商売の男でなけりゃ駄目だと言っていた。それでお前ェは水茶屋をしていることを隠して、両替屋の手代だと言って娘に近づいたんだ。両替屋とは畏れ入る。算盤《そろばん》なんざ、てんでできねェくせによう。そいで、とうとうばれて、お前ェは向こうの親父に怒鳴られ、挙句に塩を撒《ま》かれた。家に戻ってがっくりしていた時に、お前ェのお袋が言ったんだ。未練の狐だねって」

祖母は暇を見つけては本を読んでいる女だったそうだ。恐らく、未練の狐も何かの本で覚えた言葉なのだろう。

「それで、どういう意味？」

お初は佐平次に訊く。源蔵と佐平次は顔を見合わせ「化《ば》け損《そこ》なった」と、同時に応えた。

未練の狐、化け損なった……お初は鸚鵡《おうむ》返しに呟くと、声を上げて笑った。笑い出すと止まらなかった。笑って笑って、そして仕舞いには泣いていた。

正月二日の広小路は穏やかな陽射しが降っていた。泣いているお初に構わず、佐平次と源蔵は将棋を続ける。おきんの金平糖を噛み砕《くだ》く音が微《かす》かに聞こえていた。

花いかだ

一

江戸の桜の名所は、まず第一に上野・寛永寺《かんえいじ》が挙げられる。開基、天海僧正《てんかいそうじょう》はことの外《ほか》、桜が好きだった。時の将軍、徳川家光が天海のために、わざわざ吉野から苗木を取り寄せて植えさせたことから上野の桜は始まった。

黒門から仁王門にかけての桜並木と、東照宮・清水堂の後ろ、摺鉢山《すりばちやま》付近に人々が集まる。寛永寺の花見が一般庶民に許されるようになったのは元禄十一年（一六九八）からだという。今でも日暮れになると門を閉じて人々の通行を規制し、日中も鳴り物を持ち込んだりして派手に騒ぐのを禁止している。そんなところは、さすがに将軍家の霊廟《れいびょう》である。

王子《おうじ》権現《ごんげん》の近くの飛鳥山《あすかやま》に桜を植えたのは八代将軍吉宗だった。飛鳥山は桜の名所とともに秋の紅葉《もみじ》狩りも有名である。

　そして忘れてならないのが浅草の対岸、向島《むこうじま》である。ここは長命寺《ちょうめいじ》前にある茶屋の桜餅《もち》の人気が高い。人々は竹屋の渡しや枕橋《まくらばし》の渡しで向島に渡り、花見を楽しむのだ。

　両国広小路の水茶屋「明石屋《あかしや》」は、毎年、桜の季節になると向島に出店《でだな》（支店）を出している。

　今年はお初《はつ》と茶酌女《ちゃくみむすめ》のおきん、それにお初の父親の源蔵《げんぞう》が向島へ行くこととなった。その間、広小路の見世《みせ》はお初の兄の政吉《まさきち》がおせんとおはんの二人の茶酌女を使って切り守《も》りする。

「おせんさんとばかりなかよくしないのよ。ちゃんとおはんさんにも気を遣ってね」

　お初は釘を刺した。政吉は「んなこと、わかっていらァ。うるせェな、いちいち」と、口を尖《とが》らせた。だが、口酸《くちす》っぱく言わなければ、政吉はすぐに勝手なことをする男だ。

「お初ちゃん。後のことは任せて下さいな」

　そう言ったおせんが頼もしく見えた。花見が終われば二人の祝言が待っていた。お初は少し肩の荷が下りる。これからは、父親はともかく、政吉の世話はおせんが見てくれるからだ。

　向島の出店は広小路の見世より簡単な造りというものの、暖簾《のれん》、茶釜《ちゃがま》、床几《しょうぎ》、その上に掛ける緋毛氈《ひもうせん》、座蒲団《ざぶとん》、湯呑、菓子皿など、それなりに道具がいる。源蔵は日本橋の廻船問屋に頼んで荷物の運搬は伝馬船を使うことにしていた。

まだ桜の蕾《つぼみ》が堅い頃にお初は源蔵とおきん、それに佐平次《さへいじ》も一緒に向島へ向かった。泊まるのは木賃宿《きちんやど》ではなく、佐平次が手配した近くの民家だった。佐平次は、今夜は向島に泊まり、源蔵とともに早手回しの花見をするつもりらしい。

風はまだ冷たかったが、天気がよかったので、船に乗っているのは気持ちよかった。

「船に乗ると、夜、蒲団に入っても揺れているような気がしますよね」

おきんはそう言った。

「おきんさんは船が苦手？」

お初は握り飯を勧めながら訊《き》いた。朝に炊《た》いた飯を女中のお春《はる》に手伝わせて大急ぎで拵《こしら》えたのだ。重箱に入れた他、竹皮に包んだものも用意した。それは船頭に与えるためだった。物を食べている傍《そば》で黙って見ていられるのは居心地が悪い。そんな気遣いをするのは母親のお久《ひさ》譲りだろう。船頭は恐縮しながら陽《ひ》に灼《や》けた顔をほころばせた。

「波がよほど高くなければ酔ったりしませんけど。お嬢さんは？」

嬉《うれ》しそうに握り飯を手にしておきんは言った。

「あたしも向島ぐらいなら大丈夫よ」

「品川まで行ったんですもの、向島なんて屁《へ》の河童《かっぱ》ですよね」

「………」

「ごめんなさい。余計なことを言ってしまって」

おきんは、途端に、はっとした表情になり謝った。お初が栄蔵《えいぞう》に会いに品川に行った時、やはり舟を使った。おきんの頭の中では栄蔵のことがすっぽり抜け、ただお初が品川に行ったことしか記憶されていなかったのだろう。

それが不用意な言葉になったようだ。

「別にそれはいいのよ」

お初はさり気なく応え、源蔵と佐平次にも握り飯を勧めた。

「お初坊が拵えたのけェ？」

佐平次は嬉しそうに訊いた。

「中身は梅干しけェ。おなごは何んだって梅干しの握り飯ばかりを拵えたがるのかねえ。わっちは塩鮭のほぐしたのか、おかかが好みなのによう」

源蔵は不平を洩《も》らした。

「文句言うな」

佐平次はお初の代わりに源蔵を叱ってくれた。

「佐平次よう、思い出さねェか？　昔、こうやって船に花嫁道具を積んで運んだよな」

源蔵は握り飯にぱくつきながら、そんなことを言った。佐平次は思い出して、ぷッと噴《ふ》いた。川に飯粒《めしつぶ》が飛んだ。

「ありゃ、ひどかったなあ。何しろ、簞笥《たんす》、長持《ながもち》、躾糸《しつけいと》が掛かったまんまの花嫁さんの着物を川に落としちまったんだから」

そう言った佐平次に、お初は「何んの話？」と訊いた。

「おれ達がまだ十六、七の頃だ。米沢《よねざわ》町の薬種屋《やくしゅや》の娘が祝言を挙げることになったのよ。相手は日本橋の廻船問屋で、江戸でも指折りの大店《おおだな》だった。娘の実家だって、そこそこの金持ちよ。とにかく娘が持って行く道具が半端じゃねェ。船で何度も運ぶ始末よ。船頭も大汗かいていた。その時、二人の船頭は昼飯に何か悪いものを喰《く》ったらしくて、腹痛《はらいた》を起こしちまったのよ。祝言に道具が揃《そろ》わないのは恰好が悪いてんで、薬種屋の番頭が誰か船頭の代わりはいねェかと、大慌てで明石屋にやって来た。おれもちょうど見世にいて、源蔵と馬鹿話をしていたところだった。番頭は駄賃を弾《はず》むから、どうぞ船で道具を運んでくれとおれ達に言った。おれは小舟なら何んとかなるが、伝馬船までは扱い切れねェと思って黙っていた。ところが源蔵の奴が……」

「引き受けてしまったのね」

お初は呆《あき》れ顔で言った。

「そういうこと。なに、源蔵だって船なんざろくに操《あやつ》れねェのに、水棹《みさお》で川底を突っついて進めば、すぐに日本橋に着くだなんて簡単に言いやがったのよ。それでおれも渋々、船に乗った。薬研堀《やげんぼり》からそろそろと大川を進んでいる内はよかった。大川から日本橋川に入る段になって、急に川幅が狭くなった。おまけに通り過ぎる船も多くなったのよ。箱崎《はこざき》橋を右に折れたところで前から猪牙舟《ちょき》がえらい勢いでやって来た。危ねェと言った時にはもう遅い。猪牙舟は引っ繰り返り、伝馬船も傾いて、積んでいた道具は川に落ちてしまいやがった」

「それでどうしたの？」

お初は、済んだこととは言え、心配になって話を急《せ》かした。

「源蔵はさばさばしたもんだった。起きてしまったことは仕方がねェ、なに、相手は大店だ、花嫁道具のひとつやふたつ、どうってことはねェだと」

「だって、そういう訳にはいかないじゃない。弁償させられた？」

「いいや。源蔵の言った通り、さすが大店だった。向こうの旦那は、素人に船を任せたのは、こっちの落度だってんで、お構いなしよ。おまけに駄賃まで貰った」

「駄賃を受け取るのはひどいよ」

「だって、向こうがくれると言うんだから断ることもねェ」

源蔵も源蔵なら、佐平次も佐平次だった。

「その代わり、わっちはずっとそこの店を使っているぜ。なあ？」

源蔵は船頭に相槌《あいづち》を求める。四十がらみの船頭は、へへっと苦笑いした。

「じゃあ、この船は、そのお店の船なの？」

「そういうこと。難波屋《なんばや》さんよ。もしも弁償しろなんてせこいことを言ったら、わっちは難波屋さんに二度と足を向けなかっただろうね。毎年、船を頼んで、かれこれ十五、六年になるから、とうに向こうは元を取ってるよ」

「そうかしら」

お初は首を傾《かし》げた。

「旦那さん達には、色々、おもしろい話がありますねえ」

おきんは感心した顔で言った。

「まだまだあるんだよ、おきんちゃん」

佐平次は悪戯《いたずら》っぽい顔で言う。

「見世の準備が終わったらゆっくり聞かせて下さいな」

「ああ、いいとも」

佐平次は機嫌のいい声で応えた。

船は吾妻《あずま》橋の下を抜け、ほどなく竹屋の渡しの桟橋に着いた。そこから荷物を運ばなければならなかった。

明石屋の出店は牛《うし》の御前《ごぜん》を通り、長命寺を過ぎたすぐの場所である。佐平次がいて大いに助かった。最後の荷物を下ろすと、源蔵は船頭に駄賃を与えて帰した。この次に船がやって来るのは、ふた廻り（二週間）後である。

源蔵は佐平次に手伝わせて見世を張る。柱を立て、葦簀《よしず》を巡《めぐ》らし、暖簾を下げる。お初とおきんは竹箒《たけぼうき》で地面の掃除をしてから床几に緋毛氈を掛けた。茶釜を設《しつら》え、湯呑を並べ、ざっと用意が調《ととの》った。

「水を汲《く》むのは明日でいいな。団子屋は明日の午前中に品物を届けると言っていたし。お初。茶の葉は間に合うな」

源蔵は念を押した。

「ええ、大丈夫よ」

「とにかく、ショバ代と船賃と宿代、それに団子屋の払いを先に稼がなきゃならねェよ。儲《もう》けはその後だ。おきん、お前《め》ェは、器量はもうひとつなんだから、せいぜい愛想よくしてくれよ」

「任せて下さい」

おきんは威勢よく応えた。源蔵は葦簀で見世の前を覆《おお》うと、さらに荒縄を回して侵入者を防ぐ用心をした。宿は長命寺横の小路を入った寺嶋《てらじま》村の茅《か》葺《やぶ》きの民家だった。その家の二階が、当分の間、三人の住まいとなる。民家は年寄り夫婦と息子夫婦が一緒に暮らしていたが、息子夫婦には、まだ子供がいなかった。普段は畑で青物を作っているという。

お初達の宿代は貴重な現金収入だった。彼等は気さくにお初達を迎えてくれた。その夜、深更に及ぶまで源蔵と佐平次は、その家の主《あるじ》と息子と一緒に酒を酌み交わした。酒は源蔵が用意していた。そんなところは如才ない。

お初とおきんは晩飯が済むと風呂を勧められた。物置の隣りにある粗末な湯殿だったが、お蔭でさっぱりした。

「静かですねえ。広小路とは大違いだ」

おきんは窓の外に眼を向けて言う。大川を挟んで対岸の灯りが蛍火のようにちらちら揺れていた。

「もうすぐ、ここも花見客でごった返すよ」

「そうですね。おしょうちゃん、お嬢さんとしばらく会えないんで寂しがっているでしょうね」

おしょうはお初の裁縫仲間だった。

「ええ。こっちでお花見したいと言っていたけど、一日掛かりになるでしょう？　あの人だって、家の手伝いがあるから、なかなか出かけられないと思うよ」

「おふじさんって子、まさか、こっちへは来ないでしょうね」

おきんは心配そうに言った。

「来ても、うちの見世には顔を出さないでしょうよ。あたしは見掛けても知らん顔しているつもり」

栄蔵は今、おふじの家である藤城屋《ふじしろや》に厄介になっていた。おふじは栄蔵を亭主にするつもりなのかも知れない。栄蔵はお初に、自分のことは忘れてくれと言った。それは、いずれ藤城屋に入るつもりがあったからなのだろうか。だが、それは栄蔵がまだ品川にいた時の話だった。江戸に舞い戻り、行き場所のなかった栄蔵がおふじの父親に、しばらく店を手伝ってくれと言われたのかも知れない。

しかし、よりによっておふじの家に厄介になることもあるまいとお初は思っている。深川には栄蔵の伯父もいるのだから。様々なことを考えるが、お初はもう、栄蔵には何も言えない立場だった。栄蔵と自分の縁はなかったのだと、お初は諦《あきら》めの境地でもいた。

「この間、元の亭主がひょっこり顔を出したんですよ」

もの思いに耽《ふけ》っていたお初におきんが言った。

「行方が知れなかったのじゃなかったの？」

お初は驚いておきんを見た。

「ええ。上方に行っていたそうです。でも、そこでも喰い詰めて戻って来たらしいの」

「………………」

「お金を貸してくれって言われました」

「貸したの？」

「ええ……」

「駄目じゃない。そんなことしたら元の木阿弥《もくあみ》よ」

お初は強い口調で言った。

「わかっています。でも、放っとけなかったんです」

「また来るわよ。無心の額がだんだん増えて、仕舞《しま》いには怖い兄さん達に簀《す》巻《ま》きにされて大川に放り込まれそうだから、どうにかしてくれと言うのよ。お金の工面ができないって言えば、品川辺りで飯盛《めしも》りをしてくれとか言うに決まっている。おきんさんは泣きを見るだけよ」

「お嬢さんはお若いのに、何んでもお見通しなんですね。その通りですよ。だからあたし、旦那に頼んで、しばらくこっちへ雲隠れすることにしたんです」

「今頃、必死で探し回っているはずね。兄さん達に口止めした？」

「ええ」

「それなら安心だ」

お初はほっと吐息をついた。

「でも、お嬢さん。悪い男とわかっていても、あたしの気持ちはどうしようもないんです」

「………」

「あたし、地獄に落ちるのでしょうね」

おきんは俯《うつむ》いて言った。

「独りでいるのが、それほど寂しいの？」

「いいえ。寂しかありませんよ。ただ、あの人のことが心配で……」

「地獄に落ちてもいいいなら、亭主の言いなりになったらいいのよ。それでおきんさんが後悔しないのなら」

お初は突き放すように言った。

「後悔は……すると思います」

「おきんさん、しっかりして」

お初はおきんの太い両腕を摑《つか》んだ。

「自分に男はもう現れないと思っているんでしょう？　あまり美人じゃないし、太っているから、誰も振り向かないって」

お初は言い難《にく》いことを、ずばりと言った。

「ええ」

「でもそれ、自分を安く見ているだけよ。元の亭主が本当におきんさんを好きなら、おきんさんの困るようなことはしないはずよ。しばらくぶりで会って、それですぐにお金のことを言い出すなんて、おきんさんを甘く見ているだけよ。この女は何んでも自分の言うことを聞く。骨までしゃぶってやろうという魂胆《こんたん》だ。そんなの許せない。そんな人、亭主とは呼べない」

お初は憤《いきどお》った声で言い、悔し涙を浮かべた。

おきんは驚いて「あたしのために泣かないで下さい、お嬢さん」と慌てて言った。

「何かあったら、お父っつぁんに言って。一人で勝手に決めないの。おきんさんは、さんざん苦労したじゃない。これからは倖せにならなきゃ生きている甲斐《かい》がないのよ」

「お嬢さん……」

おきんは唇を噛《か》み締めてお初を見た。

「心を鬼にします」

「怪しいなあ。本当かな」

お初は眼を拭《ぬぐ》って悪戯っぽく笑った。

「本当ですって」

おきんは、むきになって言った。

二

翌朝、佐平次は朝飯を済ませると家に戻ると言った。お初は佐平次を渡し場まで送った。

その道々、お初はおきんのことを話した。

佐平次は真顔になった。いつもは源蔵とふざけたことばかり言っているが、たまに真顔になることがある。当たり前だが、それは決まって困った問題が起きた時だった。

だから、佐平次や源蔵が真顔になるのは、お初には怖かった。

「あれほどひどい目に遭《あ》っているのに、まだ未練《みれん》があるのけェ」

佐平次はため息混じりに言った。

「放っとけないんだって」

「…………」

「小父《おじ》さん。どうしたらいいの」

「ま、当分、こっちにいるから少しは安心だが、おれァ、近所の自身番に行って、おきんちゃんの亭主のことを大家さんと親分に相談するよ。そんな者が明石屋の周りをうろちょろするのは商売《しょうべ》ェの邪魔にもなるし」

「恩に着ます、小父さん」

お初は頭を下げた。

「人の心配をするところはお久さんとそっくりだ」

「そう？」

「きっとお初坊は、いいかみさんになるよ」

「…………」

「栄蔵のことは、もういいのけェ？」

佐平次はお初の顔を覗《のぞ》き込むように訊いた。

「後生だから、栄蔵さんのことは言わないで」

「ああ、悪かったな。だが、ちょっとだけ言わせてくれ。この間、栄蔵はおれの所に金を持って来たのよ。借りた金をさっさと返せとお初坊に怒鳴られたんで、慌ててやって来たと言っていた」

「…………」

「別に返さなくてよかったのによ」

「そういう訳にはいかない。栄蔵さんは藤城屋さんに奉公しているんだから、お給金の中から少しでも返すのが筋《すじ》じゃないの。子供じゃないんだから」

「そりゃ、そうだが……その時、おれァ、奴に訊いたのよ。藤城屋の婿《むこ》になるのかってな」

そう言った佐平次を、お初はじっと見つめた。佐平次は二、三度瞬《まばた》きをしてから「その気はないと応えたよ。だが、心細いような面《つら》をしていた。おれァ、はゝんと思った。藤城屋の娘に相当、押しを掛けられているなってな」と続けた。

「栄蔵さんのためにも、おふじさんのためにも、一緒になった方がいいのよ。そうすれば皆、丸く収まる」

「お初坊。強がりはいけねェよ」

佐平次は優しく窘《たしな》めた。

「栄蔵は、まだお初坊のことは忘れちゃいねェ。奴と顔があったら、木で鼻を括《くく》るような態度はするんじゃねェよ。普通にしているこった。この先、どうなるかは誰にもわからねェ。奴が江戸に舞い戻ったのは、やり直す気持ちがあるってことだからな」

「ええ」

「お、やっと素直になったな」

佐平次は安心したように笑った。

渡し舟に乗り込んだ佐平次を、お初は手を振って見送った。佐平次の優しさが滲《し》みていた。


日が経《た》つにつれ、桜の蕾は徐々にほころび、それと同時に花見客の数も増えていった。長命寺から北の木母寺《もくぼじ》に至る桜並木を人々はそぞろ歩く。歩き疲れて喉《のど》の渇きを癒《いや》す客が明石屋に押し掛け、一時は座る場所もないありさまだった。長命寺前の茶屋「山本屋」には桜餅を求める客が長蛇の列を作っている。明石屋が用意した団子も飛ぶように売れた。団子は白と赤とよもぎの三色を串刺しにしている。古くから懇意にしている餅菓子屋に作らせたものだ。毎朝、餅菓子屋の小僧が向島に運んで来てくれる。

「お嬢さん……」

洗った湯呑を拭《ふ》いて盆に伏せた時、おきんが声を掛けた。

「なあに」

「栄蔵さんがいますよ」

おきんが見つめている方向に眼をやると、栄蔵がおふじと一緒にこちらへ歩いて来るのがわかった。お初は悪いものでも見たように顔を背《そむ》けた。だが、おきんは「あ、お嬢さん。栄蔵さんは気がついたようですよ」と、張り切って教える。

「騒がないで。知らん顔して」

「でも……」

「いいから」

佐平次は普通にしていろと言ったが、お初の胸の動悸《どうき》は高くなった。源蔵は茶釜の炭を足すのに余念がなかった。

「あら、明石屋さんだわ」

おふじが驚いた声を上げた。栄蔵はぺこりと源蔵に頭を下げた。

「こっちへ花見に来たのけェ？」

源蔵はさり気なく言葉を掛ける。お初は奥に入って、床几の座蒲団を揃《そろ》えた。早く二人がいなくなってほしいと内心で思っていた。

だが、おふじは「せっかくだから、お茶を飲みましょうよ」と栄蔵の袖を引いた。おきんは床几に座った二人に黙って煎茶《せんちゃ》を出した。お初は仕方なく「今日はいいお天気で絶好の花見日和《びより》ですね」と言葉を掛けた。

「少し曇っているわな」

源蔵は鼻白《はなじろ》んだ顔でぼそりと言う。お初が源蔵を睨《にら》むと、栄蔵は拳《こぶし》を口許に当てて苦笑した。

「大七《だいしち》さんでお昼をいただいてから花見見物しようと言ったのに、うちのお父っつぁん、すっかり酔ってしまって。仕方なく栄蔵さんと二人で出かけて来たのよ」

おふじは言い訳がましく言った。「大七」は秋葉山の近くにある高級料理屋だった。

「今日はそちらへお泊りですか」

栄蔵の視線を避け、お初はおふじに訊いた。

「お父っつぁん次第よ。ね？」

おふじは栄蔵に相槌を求める。栄蔵は低い声で「ああ」と応えた。新たな客が来たので、お初は二人の傍から離れた。栄蔵が自分を見ているのが感じられた。嬉しいような憎いような複雑な思いがした。

突然、通行人を乱暴に掻《か》き分け、一人の男が見世の前に立った。おふじは恐ろしそうに栄蔵に身を寄せた。

「ずい分、手間を掛けさせるじゃねェか」

男はおきんに向かって言った。目つきの鋭い男は、堅気の人間とは思えなかった。

「何んだ、手前《てめ》ェは」

源蔵は厳しい顔で男に訊いた。

「黙っててくんな。おれはこいつに用があるんだ」

男はおきんに顎《あご》をしゃくった。おきんの元の亭主だとお初は合点《がてん》した。内緒にしていたのに、男はおきんの居場所を嗅《か》ぎつけたようだ。

「お客さまのご迷惑になります。込み入った話は後にして下さい」

お初は怯《ひる》まず男に言った。

「黙ってろと言ったろうが」

男はお初にも怒鳴った。おきんは俯いて何も喋《しゃべ》らない。わざわいを避け、そそくさと見世を出て行く客が続いた。

「おきん。約束はどうなっているんだ。おれの言うことが聞けねェのかい」

「約束なんてしてません」

おきんは消え入りそうな声で応えた。

「何んだとう！」

男が声を張り上げた時、栄蔵はすっと男の前に立った。

「兄さん。おとなしくしてくんな。商売ェの邪魔をするなんざいけねェよ。ほれ、客が恐ろしがって帰ったじゃねェか」

栄蔵がそう言った途端、男は栄蔵に平手打ちを喰らわせた。おふじは悲鳴を上げた。栄蔵は少し顔を背けただけで、平然としていた。お初は栄蔵が十七、八の頃、喧嘩三昧《けんかざんまい》の日々を送っていたことを思い出した。栄蔵は張られた頰を内側から舌でなぞりながら「ここでは何んですから、ちょいと、裏に来ておくんなさい」と丁寧な口調で言った。

「栄蔵さん。構わないで」

おふじが縋《すが》る。その手を邪険に払うと、栄蔵は見世の裏手に男を促《うなが》した。男は栄蔵が小銭でも摑ませて、今日のところは穏便に帰ってくれと言うつもりかと思ったらしい。のこのこついて行った。

「お父っつぁん」

お初も不安な気持ちで源蔵を見た。

「大丈夫、大丈夫。心配すんな。すぐにけりがつく」

だが、源蔵は平気な顔で応えた。間もなく、拳が肉にめり込むような鈍い音と、甲《かん》高《だか》い男の悲鳴が聞こえた。おきんは唇を噛み締めて、じっと突っ立っていた。

「やれやれ、あの男も運の尽きだねえ。栄蔵に手を出すなんざ、身のほど知らずもいいところだ」

「お父っつぁん、止めて」

お初はようやく言った。

「ああ、わかったよ。おきん、栄蔵を恨むんじゃねェよ。あいつはお前ェの代わりに懲《こ》らしめているんだからよ」

「わかっています」

おきんは低い声で応えたが、眼には大粒の涙を浮かべていた。

「何んなのよ、いったい」

おふじは、いら立った声を上げた。

「あんたは黙って。何も知らないくせに」

おきんはおふじに悪態をついた。おふじは驚いて眼を丸くした。源蔵は別に慌てる様子もなく、ゆっくりと裏に回った。

「いやいや、やってくれたもんだ。栄蔵、もう勘弁してやんな。おい、とんちき。おきんとお前ェは、もう赤の他人なんだぜ。いつまでも、まとわりつくんじゃねェよ。おきんを売り飛ばす魂胆をしても無駄よ。あいつを買う女郎屋なんざ、ありゃしねェ。少しは頭を使え」

ほどなく、源蔵の呑気《のんき》な声が聞こえた。おふじは事情を察して眉《まゆ》を持ち上げた。冷ややかな表情だった。おきんもたまらず、裏に向かった。

「水茶屋商売も大変ね。奉公人にすったもんだがあったんじゃ」

おふじはお初を慰めるように言った。

「ええ。でも、商売は何んでも大変なものですよ」

お初は吐息混じりに応えた。

「それはそうだけど……ねえ、お初さん」

おふじは改まった顔でお初を見た。

「何んでしょうか」

「今のままじゃ、栄蔵さんの道が立たない。あたしは栄蔵さんに藤城屋を継いでほし

いのよ。そうなれば、うちも助かるし、栄蔵さんだって落ち着いて暮らせる。だから
お願い。口添えして。お初さんの言うことなら、あの人、素直に聞くと思うから」

「…………」

お初は返答に窮《きゅう》して黙った。そんなことを自分に頼むおふじの気が知れなかった。

「栄蔵さんがそうしたければ、そうするでしょうよ。あたしの出る幕でもありません
よ」

お初はにべもなく言った。おふじは憎々し気にお初を睨み「お代は幾ら」と訊いた。

「四十八文です」

「おや、いいお値段」

おふじは嫌味を言う。

「大七さんでお食事なさる方が、たかが水茶屋の茶代に文句を言うのはおかしいです
よ」

お初はぴしりと言った。おふじは四十八文をきっちり支払った。祝儀《しゅうぎ》はつけないの
かとは、さすがにお初も言えなかった。

「さ、おふじちゃん。帰《け》ェるか。あまり遅くなるとお内儀《かみ》さんが心配する」

栄蔵は戻って来るとそう言った。

「お前ェなあ、少し加減しねェか。あいつ、二、三日、足腰が立たねェぜ」

源蔵はちくりと言った。

「ああいう手合は掃いて捨てるほどおりやす。ガツンと釘を刺さなきゃのぼせる一方だ」

栄蔵はきっぱりと言った。それからお初を見て「迷惑掛けてすんません」と謝った。

「いえ……」

お初はそれだけ応えるのが精一杯だった。

栄蔵とおふじが去って行っても、おきんはなかなか戻って来なかった。ようやく戻って来たおきんは眼を真っ赤に腫《は》らしていた。栄蔵に殴られた元の亭主が不憫《ふびん》で仕方がなかったのだろう。お初は何も言わなかった。言えなかった。

だが、翌朝。お初が起きると、おきんの寝床はもぬけの殻《から》で、おきんの姿は消えていた。

おきんは男の後を追い掛けて行ったのだった。手が足りず、仕方なく、宿にしている民家の女房に手伝いを頼む始末だった。

咲いたと思ったら、もう桜は花びらを散らしていた。本当に花時はあっという間《ま》だった。

三

栄蔵が再び向島にやって来たのは、風もないのに花びらがちらほらと舞う午後のことだった。

「そろそろこっちも店仕舞《じま》いですね」

おふじが傍にいないので、栄蔵は気楽な表情で源蔵に言う。花見客も潮が引くように消え、名残りの花の風情を楽しむ風流な客がぽつぽつと訪れるばかりだった。

「そうそう。花もこう毎日眺めると嫌気《いやけ》が差すわな。早く広小路に戻ってなじみの居酒屋で一杯やりてェよ」

源蔵は冗談でもなく言う。おきんがいなくなった分、お初は忙しい思いをしたが、お蔭で実入りは例年より多かった。これから政吉の祝言で何かと物入りなので、お初はほっと安堵《あんど》していた。

「今日はどうしたい。花の見納めに来たのけェ？」

源蔵は向島に来た理由を訊《たず》ねた。

「いえ。この間、大七の掛かりが思わぬほど高直《こうじき》だったんで、少しツケにして貰ったんですよ。その支払いを頼まれたもんで」

「そうけェ。旦那は花見酒に酔って、財布の中身と相談することも忘れちまったんだろう。いいご身分だよ。おっと、水を汲んでこなきゃならねェな」

源蔵は水瓶の蓋《ふた》を取って言った。

「お父っつぁん。あたしが行く」

「重いからいいよ。留守番、頼むぜ」

源蔵は気を利《き》かせたつもりだろうが、栄蔵と二人きりになると、お初は居心地の悪い思いだった。民家の女房は晩飯の仕度のためにひと足先に帰っていた。

「おきんさんはいねェのけェ？」

栄蔵は気になった様子で訊く。

「ぷいといなくなってしまったの。多分、元の亭主の後を追って行ったと思うのよ」

「そうけェ。おいら、いらねェことをしちまったようだ」

「そうね。男と女のことは当人同士でなけりゃわからない。口じゃいやだと言っても、結局、おきんさんはあの亭主が好きだったのよ。あたしも、偉そうにお説教したけど、それも余計なことだった」

お初はため息をついた。

「この間、おふじちゃん、何か言っていなかったか」

「何かって？」

「そのう、おいらのこととか……」

「そうね。おふじさんは栄蔵さんに藤城屋を継いで貰いたいと言っていた。だから、あたしに口添えしてくれって。でも断ったのよ。どんな顔して栄蔵さんに言っていいのかわからなかったから」

「何を考えてんだか、あの人は」

栄蔵は呆れたように言った。

「でも、おふじさんをそう思わせるのは、栄蔵さんが藤城屋さんに厄介になっているからよ。そうでしょう？　おふじさんばかりでなく、おふじさんのご両親も同じ気持ちだと思うけど」

「品川から戻った時、深川の伯父貴の所に顔を出して、しばらく世話になりてェと言ったのよ。そうしたら、伯父貴は人手が足りなくて藤城屋が困っているから、そっちに行ってくれと言ったのよ。金はねェし、言うことを聞くしかなかった。だが、どうやら伯父貴は藤城屋から金を借りていたらしい。友次郎《ともじろう》が養子に入ることでその金はチャラになるはずだった。ところが友次郎があんなことになったもんだから、借金はそのまま残った。それで今度はおいらにお鉢が回ってきたのよ」

友次郎は栄蔵のいとこだった。おふじと祝言を挙げる日、別に言い交わしていた娘に匕首《あいくち》で刺されて死んでしまったのだ。

「おふじさんと一緒になったら？」

お初はぽつりと言った。そうすれば諦めがつくような気がした。

「お初ちゃん……」

「栄蔵さんは品川で、もう自分のことは忘れてくれと言ったじゃない」

「………」

「あたし、あの時、覚悟を決めたのよ。栄蔵さんとは縁がなかったって」

そう言うと、栄蔵は洟《はな》を啜《すす》るような息をついだ。お初はそこから見える桜に眼をやった。

桜の樹《き》は盛んに花びらを散りこぼしていた。

「咲いた桜は全部、散るのね。それって、考えたらすごいことね」

お初は話題を変えるように言った。

「来る途中、大川に花びらが落ちて帯のように繋《つな》がって流れていたぜ」

「そう……」

「あれを花筏《はないかだ》と言うそうだ」

「花筏……」

「筏なら、いっそ乗りてェような気持ちよ。夢の国にでも連れて行ってくれそうで」

「………」

「夢の国じゃ、きっと、お初ちゃんがにこにこしておいらに話し掛けるんだ。そんな仏頂面《ぶっちょうづら》じゃなくてよ」

お初は思わず苦笑して「おあいにくさま。仏頂面で」と応えた。

「おいら、どうしたらよかったのよ」

栄蔵は突然、激昂《げっこう》した声を上げた。

自分の不運と不始末にいら立っている表情だった。

「お初ちゃんを取り戻すにゃ、どうしたらいいのよ」

栄蔵は強い眼でお初を見た。お初はその眼にたじろいだ。お初は何も応えられなかった。

口を開けば皮肉や悪態になるに決まっていた。だからお初は口を閉ざしていた。

「勘弁してくれ。本当はお初ちゃんに合わせる面なんてねェのによ。お初ちゃんは悪くねェ。悪いのは、皆、おいらだ」

「自分を責めることはないよ。何も彼《か》も仕方がなかっただけよ」

お初はようやく言った。

「仕方がねェか……その内にお初ちゃんは、どこか嫁に行くんだろうな。丸髷《まるまげ》を結ったお初ちゃんを、おいらはどんな面で見るのかと思や、何んかこう、気がくしゃくしゃすらァ」

「おふじさんと一緒になるのは、いや？」

「…………」

「おふじさん、栄蔵さんと一緒になることを望んでいるのよ」

「どこまで本気か、おいらは信用ならねェのよ」

「どうして？」

「あの人はおいらとお初ちゃんがつき合っていることを承知で平気で割り込んできた。おいらを自分に振り向かせようと必死だ。夜中においらの部屋へ忍んで来ることもあった」

「…………」

「心配しなくていいぜ。何もなかったからよう」

「別に心配はしないけど」

「おいらがおふじちゃんの気の済むようにしたとしても、その先、人並の夫婦《めおと》らしくなるかどうかはわからねェ。家つき娘だから、少々、勝手なことをしても誰も咎《とが》めねェ。おいら、きっと、小さくなって暮らすんだろうよ」

栄蔵にはおふじと一緒になった後の自分が見えるのだろうか。

「先のことを心配しても始まらないよ」

お初はそんなことしか言えなかった。源蔵は必死の形相《ぎょうそう》で水を運んで来た。栄蔵は源蔵に手を貸した。

「栄蔵。政吉の祝言があるんだが、お前ェ、来るけェ？」

源蔵は気軽に誘った。

「お父っつぁん。迷惑よ」

お初は慌てて制した。

「呼んでいただけるんなら、喜んで出席しますよ」

だが、栄蔵は嬉しそうに応えた。

「祝言は四月の三日だ。式は神田明神でやるが、披露宴は柳橋の『万吉』という料理屋だ。祝儀なんざいらねェから、来てくんな」

「へい」

栄蔵は張り切って応え、その時、ようやく笑顔を見せた。

「そいじゃ、おいらはこれで」

栄蔵はぺこりと頭を下げた。政吉の祝言に出ると言ったら、おふじはどんな顔をするだろうかと、またしても余計な心配が頭をもたげた。

「お初。そこまで見送ってやんな」

源蔵は至極当然のような顔で言った。

「でも、お客さまが来たら……」

「なあに。客が立て込むようなことは、もうねェって」

「そう？　じゃ、ほんのちょっとだけ」

お初が応えると、栄蔵もほっとした顔になった。二人は大川沿いの道をゆっくりと歩いた。大川の汀《みぎわ》に桜の花びらが落ちて固まり、細長い帯のように見えた。汀から少し離れたものは、そのまま吾妻橋の方向へ流れて行く。

「あれが花筏ね」

お初は大川を見つめて言った。

「ああ、そうだ。きれいだな」

「お父っつぁんたら、妙な気を回して、迷惑だったでしょう?」

お初は遠慮がちに訊く。栄蔵と肩を並べて歩くのは久しぶりだった。お初は気持ちが和《なご》むのを感じた。

「祝言のことけェ? それとも送って行けと言ったことけェ？」

「祝言のことを言ったつもりだけど、考えてみたら、送るのもそうね」

「おいらは嬉しいぜ。お初ちゃんと二人きりで話ができるんで」

お初は何んと応えてよいかわからず、流れて行く花びらの帯を見つめた。そして、決心したように言った。

「栄蔵さん。もうあたしのことは構わないで。あたし、大丈夫だから」

「何が大丈夫なんだ」

栄蔵は首をねじ曲げてお初を見た。

「あたしは栄蔵さんが傍にいなくても大丈夫ってことよ。でも、おふじさんは、そうじゃない」

「おふじちゃんのことはいい!」

栄蔵は声を荒らげた。

「落ち着いて。今のあたし達、一緒になるのはできない相談よ。栄蔵さんが我儘《わがまま》を通せば、おふじさんも、おふじさんのご両親も、深川の伯父さんにも迷惑が掛かる。栄蔵さんの気持ちは、あたし、よくわかっているのよ。わかった上で言っているの。あたしだって、どれほど泣いたか知れない。いっそ死んでしまった方が楽なんじゃないかと思ったほどよ。でもね、今はあの時ほど辛《つら》くない。時が経てば、人は何んでも忘れられるものね。だから、栄蔵さん、おふじさんと一緒になって。栄蔵さんが時々、明石屋に顔を出してくれたら、それだけであたしはいいのよ。あたしは普通に話をするつもりだから。それでね、うんと年を取ったら、若い頃はあんなこともあったなあって、思い出話ができればいい」

無理をして言ったのではなかった。世間体を考えたら、それが一番いいのではないかと思ったからだ。

「おいら、そんな思い出話はしたくねェよ」

栄蔵はにべもなく応えた。

「おいらがどうするも、こうするも、おいらの勝手だ。人の都合になんざ振り回されたくねェ。見くびるな」

栄蔵は強い眼でお初を睨むと「もうここでいいぜ」と、吐き捨てるように言った。

そのまま源兵衛橋《げんべえ》の方向へ去って行った。お為《ため》ごかしの説得は通じなかった。お初はため息をついて踵《きびす》を返した。西陽が大川の水面を照らす。

薄紅色の花びらは、そのせいで金色がかって見えた。金色の花筏に一寸法師のようなお初と栄蔵が乗っている想像がふと湧《わ》き起こった。それに乗って進んで行けば、栄蔵の言ったように夢の国へ着けるのだろうか。

だが、それは所詮《しょせん》、あさはかな想像に過ぎない。お初は出店に向かって歩みを進めた。

四

花嫁衣裳のおせんは、ため息が出るほど美しかった。おせんは以前に別の男と所帯を持ったこともあるが、花嫁衣裳を着たことはなかったという。だから、感激もひとしおだったらしい。神田明神での式の時も、終始緊張した表情だった。

三々九度の杯《さかずき》は口をつけるだけにしろと念を押したのに、いける口のおせんは、つい、こくりとやってしまったらしい。上気して、暑い暑いを連発していた。

お春に留守番を頼み、お初は客が来る半刻《はんとき》（約一時間）前に柳橋の万吉に着いて、

「早かったのね。まだ、時間があるのに」

お初は栄蔵を部屋へ促しながら言う。

「今日は大事な祝言だ。早仕舞いして湯屋へ行き、髪結いを頼んだのよ。野郎の仕度ってのも、てェへんなもんだ」

栄蔵は紋付羽織に袴《はかま》の恰好だった。普段の栄蔵とは感じが変わって見えた。

「紋付は藤城屋さんの旦那にでも借りたの？」

「いいや。おとく小母《おば》さんが用意してくれた。おとく小母さんの亭主は、おいらと体格が似ていたそうだ。着付けもしてくれたんだぜ。亭主を思い出したのか涙ぐんでいたよ」

「そう……」

裁縫の師匠のおとくも祝言の宴に呼んでいた。おとくの心遣いがお初は嬉しかった。

「おふじさんは、まさかいらっしゃらないでしょうね」

おせんは眉根を寄せた。

「心配すんな、おせんさん。今日はお初ちゃんの身内のような者ばかりでェ」

「栄蔵さんもそうなの？」

「いや、おいらは親父さんに是非にも来てくれと頼まれたんで」

栄蔵はもごもごと言う。

「わかっているのよ。ちょいとからかってみただけ」

おせんは悪戯っぽく笑った。

仲人は佐平次とおたき夫婦だった。佐平次は仲人の挨拶《あいさつ》を終えるまでひどく緊張した顔をしていたが、宴もたけなわになると、すっかりいつもの調子に戻っていた。

「藤城屋に何か言われたか?」

源蔵は栄蔵の杯に銚子の酒を注ぎながら訊いた。親族は大広間の末席に着く仕来たりである。それでも政吉とおせんの嬉しそうな表情はよくわかった。

「いえ、特には」

栄蔵は杯を受けて応えた。

「そうけェ。それで安心した。何んの義理があって行くのかと訊かれた日にゃ、お前ェの立つ瀬もねェわな」

「おいら、それほど抑えつけられちゃおりやせんよ」

栄蔵は苦笑した。

「もう、青物屋はすっぱり諦めたんだな」

源蔵はそんなことを訊いた。

「いえ。そういうつもりはありやせんが、今はどうにもなりやせんので」

「そうか……その気になりゃ、道端に莚《むしろ》を拡げて商売ェができるんじゃねェかと、わっちは思っているんだが」

「お父っつぁん。栄蔵さんにそんなことできる訳ないよ。仮にも八百清《やおせい》の看板をしょっていたんですもの」

お初は口を挟んだ。

「親父さん。おいらが本当に道端で莚を拡げて商売をしても笑いやせんかい」

栄蔵は真顔で訊いた。

「笑うもんけェ」

「そいじゃ、その道端で商売ェをしているような男の所へ娘を嫁に出せますかい」

「何を言うんだろうね、このすっとこどっこいは。話が違うだろうが」

源蔵は途端に醒《さ》めた顔になった。

「お父っつぁん」

お初はそっと源蔵の袖を引いた。だが源蔵は構わず話を続けた。

「わっちは女房を養っていけるなら、道端で莚を拡げて商売ェをしようが、紙屑拾いだろうが頓着《とんちゃく》しねェわな。だが、お前ェは、まだ決心を固めていねェのがいけねェ。青物屋に未練を残しながら、その実、材木屋の小間使いをしている様《ざま》だ。この先、材木屋をするなら、青物屋のことは口にするんじゃねェ」

初めて見る源蔵の厳しい一面だった。栄蔵は膝頭《ひざがしら》をぎゅっと摑んで俯いた。お初も何も言えず下を向いていた。源蔵は今の栄蔵が情けなくて仕方がなかったのだ。そんな栄蔵をお初が今も慕っているとすればなおさら。

「よ、何んでェ、難しい顔をしてよ。源蔵、飲め」

佐平次がやって来て銚子を差し出した。佐平次は何んの真似か、腰紐《こしひも》を頭に巻いて、だらりと垂らしていた。

「病鉢巻《やまいはちまき》のつもりけェ。お前ェ、仲人の挨拶で相当に頭を悩ましたな」

源蔵は途端にいつもの軽口を叩く。

「そういうこと。ほっとしたら頭が痛くなってきやがった」

佐平次はおどけた顔で応えた。それから、栄蔵に向き直った。

「栄蔵、こら栄蔵。辛気臭《くせ》ェ顔をしているんじゃねェ。お前ェも頭が痛《いて》ェのか？」

「へい。親父さんにガツンと頭を張られたんで」

栄蔵は低い声で応えた。

「いけねェな、源蔵は。お初坊が惚《ほ》れている男にゃ、優しくしろよ」

「うるせェ、うるせェ。席に戻れ」

源蔵は本当にうるさそうに佐平次を追い払った。

宴は五つ（午後八時頃）過ぎにお開きとなった。政吉とおせんは、そのまま万吉に泊まることになっていた。源蔵は佐平次と近所の連中とで、だらだらと飲み続けていた。お初はひと足先に米沢町の家に戻ることにした。

おとくと一緒に帰ろうと思っていたが、ぐずぐずしている内におとくは先に帰ったらしい。栄蔵はお初を送ると言ってくれた。

外は生ぬるい風が吹いていた。これから油照りの夏を迎えるのだ。

「お父っつぁんの言ったこと、気にしないでね。酔うと、くどいのよ」

お初はさり気なく言った。

「いいや。親父さんの言うことはもっともだった。おいら、ぐうの音《ね》も出なかった」

「お父っつぁんは栄蔵さんを気の毒に思っているんだけど、優しいことが言えなくて、あんなふうになるの」

「ありがてエと思っているよ」

「そう言ってくれるなら、あたしも気が楽になる」

お初は栄蔵を見上げてふっと笑った。

米沢町に戻ると、どうした訳か、通りに人が出ていた。皆、横山町の方向を見ていた。

「何かあったんですか」

お初は薬種屋の手代に訊いた。

「親分が大声でお宅にやって来たんですが、今夜は政吉さんの祝言なので、お春さんしかいなくて、それでまた、親分は慌てて戻って行ったところです。あんまり親分の声が騒がしいんで、何事かと皆さん、外で様子を窺《うかが》っていたんですよ」

「どうして親分がうちへ来たのかしら」

お初は腑《ふ》に落ちなかった。しかし、誰かが「心中だとよ」と言っている声が聞こえてきた。お初は慌てて家の中に入り「お春、お春」と叫んだ。

「お嬢さん、大変です。おきんさんが首を縊《くく》ったそうです」

「何んですって！」

ざっと血の気が失《う》せた。

「お初ちゃん。行こう」

栄蔵はすぐに言った。

「でも、お父っつぁんを呼んで来なけりゃ」

「親父さんは酔っ払っていたから、すぐには腰を上げねェよ。それより、おいら達が様子を見て、それから後のことを考えた方がいい」

「ええ、わかった」

折詰めと引き出物を上がり框《かまち》に放り出すと、お初は着物の前がはだけるのも構わず、横山町に向かって走った。横山町におきんの住まいがあった。喜兵衛店《きへえだな》と呼ばれる裏店《うらだな》だ。向島から姿を消した後、兄の政吉は何度かおきんの様子を見に行ったそうだが、ずっと留守だったという。ようやく戻って来たと思ったら、この騒ぎだった。おきんは前途を悲観して事に及んだのだと思った。

ところが喜兵衛店に着くと、事情は少し違っていた。

おきんの住まいの周りには人垣ができていた。

「すみません。明石屋の者です」

お初が見張りをしていた子分に告げると、子分は土間口前に張っていた荒縄をひょいと持ち上げ、通れと言った。

恐る恐る中に入った途端、どさりと激しい音がした。土地の御用聞きの勘平《かんぺい》が奉行所の役人と一緒におきんを梁《はり》から下ろしたところだった。部屋の中は、ひどい散らかりようだった。敷きっ放しの蒲団も見えた。おきんは掃除をまめにする女だったので、お初はそのことにも驚いた。

「旦那はまだけェ？」

勘平は額《ひたい》に汗を滲《にじ》ませて訊いた。おきんは顔を背けた恰好で横になっているので、表情はわからなかった。

「あいすみません。本日は兄の祝言だったもので、まだ柳橋から戻っていないのです。とり敢《あ》えず、どういう様子か知りたいと思いまして、やって参りました」

お初は心《しん》ノ臓《ぞう》をどきどきさせながら応えた。

「おきんはな、元の亭主をしごきで絞めて殺し、その後で首を縊ったのよ。無理心中だな」

勘平がそう言った途端、お初はくらっと目まいを覚えた。栄蔵は慌ててお初を支《ささ》えた。

「しっかりしろ、お初ちゃん！」

「え、ええ……」

「それで親分、あっし等《ら》はどうしたらよろしいんで？」

栄蔵はお初の代わりに訊いた。

「そうさなあ。今夜は遅いから詳しい調べは明日になる。明日、明石屋の旦那に来るように言ってくれ。おきんの請け人《う》（身元引受人）が明石屋の旦那なら、ここの後始末もして貰わねェと」

「承知しやした」

「もう帰ェっていいぜ。よりによって祝言の晩に心中するとはな、おきんも業晒《ごうさら》しな女だ」

勘平は吐息混じりに言った。お初と栄蔵は勘平と同心に頭を下げておきんの住まいを出た。

「おいらのせいかな……」

栄蔵はぽつりと言った。

「そんなことある訳がないじゃない。おきんさんは切羽詰まっていたのよ。栄蔵さんがあの男を殴らなくても、早晩、こういうことになったはずよ」

「全く、明日は何があるか知れたもんじゃねェというのは本当だな」

栄蔵はそう言って長い吐息をついた。

「あたし、まだ、何が何んだかわからない。おきんさんが死んだのに涙も出ない。あたし、冷たい女なのね」

「そうじゃねェよ」

栄蔵は優しく否定した。

「本当に驚いたり、悲しい目に遭った時は涙も出ねェもんさ」

「………」

「火事でお袋が死んだ時、おいら、のぼせたような気持ちになったが、不思議に涙は出なかったよ。ただ、あすこにはいたくねェと思うばかりだった」

「力になれずにごめんなさい」

「もう済んだことだ。考えても仕方がねェ。それより、これからのことが肝腎《かんじん》だ」

「ええ、それはそうね」

「おいら、おきんさんの亭主のようになりたくねェから、踏ん張るぜ」

栄蔵は自分に言い聞かせるように言った。

「このまま本所《ほんじょ》に帰る？　それとも、うちで休んでいく？」

米沢町の家に近づくとお初は訊いた。

「今夜はずっとお初ちゃんの傍にいてェ、と言いてェところだが、帰ェるよ」

「そう……」

「お初ちゃん。お前ェ、これからどうする」

「どうするって、当分は家の商売を手伝うしかないじゃない」

「その先のことだよ」

「その先？」

お初は自分の将来がどんなふうになるのか想像もできなかった。

「お初ちゃんの本当の望みは何よ」

「それは……」

お初は言葉に窮した。本当は栄蔵の女房になり、栄蔵の子供を産み、貧しくてもいいから家族なかよく暮らすことだった。それは望みと言うには、あまりにささやかなものだったが、そのささやかな望みですら、今のお初には難しかった。

「時々、小梅村《こうめ》に帰りたいなあと思うのよ。周りは田圃《たんぼ》と畑ばかりで何もない村だけど、気持ちが休まるの」

お初は第一の望みではなく、次の望みを口にした。小梅村はお初が子供の頃に過ごした所だった。

「小梅村に寮（別荘）でも建てるけェ？」

栄蔵は豪気に言う。

「そんな贅沢《ぜいたく》、できる訳がないよ。でも、本当にそうできたらいいわね。子供が一人前になって所帯を構えたら、あたしは小梅村に引っ込んで、畑で青物を作ったり、花を咲かせたりしたいの」

「お初ちゃんの望みは、おいらがきっと叶《かな》えるぜ」

「ありがと。当てにしないで待っている」

お初は、ふっと笑った。栄蔵も笑みを返したが、その後で、いきなりお初の頰を両手で挟み、強く口を吸った。最初は驚いて抗《あらが》ったが、お初は次第に身体の力が抜け、栄蔵のされるままになっていた。米沢町は人通りも途絶え、祝言のために今夜だけともしているお初の家の軒提灯《のきぢょうちん》だけが仄《ほの》かに光っていた。

「約束だからな。忘れんなよ」

栄蔵はようやくお初から離れると、念を押した。瞳がきらきらと光っている。栄蔵は、ようやく以前の眼の光を取り戻していると思った。お初はこくりと肯《うなず》いただけで何も言葉を喋ることができなかった。吸われた唇は、いつまでも痺《しび》れていた。

五

「全くお前ェの人を見る目がねェのにゃ、呆れるぜ」

源蔵は床几に座り、半分胡坐《あぐら》をかいた恰好で佐平次に嫌味を言う。

「面目ねェ」

佐平次は素直に謝る。源蔵はおきんの住まいの後始末をさせられ、大家に迷惑料を幾らか払ったので肝《きも》が焼けて仕方がなかったのだ。

「お父っつぁん。小父さんを責めないで。おきんさんを雇ったのはあたしなんだから」

お初はそっと佐平次を庇《かば》った。すっかり夏めいてきた両国広小路は白っぽい陽射《ひざ》しが降り注いでいた。通り過ぎる棒手振《ぼてふ》りの魚屋や青物屋の男達の膚はすでに赤黒く陽灼けしていた。佐平次はおきんとおせんの二人が抜けたので、新たに茶酌女を探してきた。二人とも十六で、水茶屋商売は初めてだった。お初の妹分のようなものだったから、お初も使いやすかったが、果たしていつまで続くかと先が案じられる。茶酌女は人目につくので、女衒《ぜげん》に狙われやすい。胸や尻を触る客にも目を光らせなければならなかった。

「栄蔵の奴、どうしたんだろうな」

佐平次はふと思い出したように言った。

「八百清を立て直す算段をしているんだろうよ」

源蔵は、さして心配もしていない顔で応えた。栄蔵が藤城屋を出たのは、政吉の祝言が終わって間もなくだった。おふじは血相を変えて明石屋にやって来ると、栄蔵の居所《いどこ》を教えろと、強く迫った。お初は本当に知らなかったが、おふじの剣幕に圧倒されて、しどろもどろになった。

「お嬢さん。栄蔵に材木屋は無理だよ。奴は青物屋しかできねェ男よ。さっさと見切りをつけて、別の婿を探すこった」

源蔵はおふじを宥《なだ》めるように言った。おふじは、わっと泣いたが、泣き終えるとさっぱりした顔で「あたし、ずい分、気を遣ってやったのに、ちっともわかってくれなかった。あんな恩知らずな男、もうたくさん。熨斗《のし》をつけてくれてやる」と捨て台詞《ぜりふ》を吐いた。

「そうそう、その意気だ。お嬢さんはすこぶるつきの美人だから、男なんざ、よりどりみどりよ」

源蔵も景気をつける。それで気をよくしたのか「お初さん。栄蔵さんに会ったら、うちのお父っつぁんもかんかんに怒って、藤城屋の敷居は二度と跨《また》がせないと言っていたと伝えて」と、おふじは言った。

「よろしいんですか、そんなこと言って」

「いいのよ。もう、振り回されるのはたくさんなの」

「どっちが振り回したのだと、お初は内心で呟《つぶや》いていた。おふじはそれから、おとくに相談があると言って、さっさと帰って行った。

あれからひと月が経つ。相変わらず栄蔵の行方は知れなかったが、お初は、なぜか不安ではなかった。源蔵の言った通り、八百清を立て直す算段をしているのだと信じて疑わなかった。

「あら、向かいの床見世、商売を始めるようだ」

おはんが大川沿いに並ぶ床見世を見て何気なく言った。先月まで年寄りの女が小間物屋を開いていたが、身体でも悪くしたのか晦日《みそか》で店仕舞いしていた。その後、半月余りも空き店になっていたのだ。

おはんに言われてそちらを向くと、大八車《だいはちぐるま》に青物を山と積んだ男がやって来て、木箱を並べている。それを見て、お初はつんと胸が疼《うず》いた。男は栄蔵に間違いない。

「お父っつぁん！」

思わず甲高い声を上げた。

「ようやくやって来たか。待たせやがって」

源蔵は口汚く言ったが、眼は笑っていた。どうやら、源蔵は何も彼も承知していたらしい。

「え？　そいじゃ、あすこは明石屋の出店にするんじゃなかったのけェ？」

佐平次も驚いた顔で言う。源蔵が空き店を借りる話は知っていたが、まさかこんなことになるとは思っていなかったらしい。

栄蔵は軒先に短い藍暖簾を掛けた。八百清の暖簾だった。それから店前に目玉商品の大根を積んだ。

一本、一文の値札は儲けを度外視して、客に対する祝儀のつもりだろう。栄蔵は空いた大八を裏手に持って行った。その間にも目ざとい女達は床見世の周りを取り囲む。戻って来た栄蔵は慌てて客の応対をする。

「一文、一文。今日は店開きだ。一文ねェ奴は只《ただ》で持って行ってくんねェ！」

栄蔵は声を張り上げる。それを見つめるお初の眼が涙で曇った。

「お初さん……」

おはんも袖で眼を拭って貰い泣きした。栄蔵が花筏に乗って着いた夢の国は、本所でもなく、小梅村でもなく、お初の働く両国広小路だった。

「ほら」

おはんはお初の背を押す。葦簀張りの見世を出ると、いきなり陽射しに炙《あぶ》られ、お初は目まいを覚えた。だが、奥歯を噛み締めて歩みを進める。栄蔵の半纏《はんてん》の背に染め抜かれた丸に「清」の字が眩《まぶ》しい。こちらを向いて笑った栄蔵の白い歯も。

「あたしにも大根、大根一本下さいな」

お初は大粒の涙をこぼしながら客の群がる後ろから声を張り上げた。

解説

菊池　仁

本書『恋いちもんめ』を再読して、あらためて感じたことがある。それは作者である宇江佐真理と、本書の描く世界が、現在の時代小説が置かれている状況を象徴しているという事実である。少々、説明がいる。

まず、第一の理由は時代小説の出版事情が変わってきている点にある。それは本屋の店頭を覗《のぞ》くと一目瞭然《りょうぜん》である。文庫の新刊コーナーでは時代小説が所狭しと並べられている。それも〝文庫書下ろし長編時代小説〟と銘打たれた作品がほとんどである。二〇〇〇年以降、この傾向は顕著なものとなりつつある。これは、雑誌連載、単行本、そして文庫化という従来のサイクルとは違った、文庫による独自のマーケットが形成され、定着しつつあることを物語っている。文庫のもつ利便性と、時代小説が本来もっていた大衆性がうまくクロスした結果といえよう。

さらに、〝文庫書下ろし〟という出版方法によって、新たな書き手の発掘、登用が積極的に行われたり、中堅作家によるエンターテインメントに徹した作品の開拓が試みられるようになったことも要因のひとつである。

こういったプラス要因が重なり、〝文庫書下ろし〟の出版点数は飛躍的な伸びを見せ、確かな基盤を築きつつある。それを証明しているのが佐伯泰英、鳥羽亮、黒崎裕一郎、鈴木英治、風野真知雄、井川香四郎といった人気シリーズを抱えた書き手の登場である。

その一方で、厳しい局面にさらされているのが時代小説の単行本である。年々、出版点数も減り、売り上げも伸び悩みの傾向にある。当然、本屋の時代小説コーナーも縮小されつつある。

つまり、時代小説は出版方法の違いにより本屋の店頭での二極化が顕著な形で進みつつあるということだ。これは作家の二極化へとつながっている。もちろん、両極で活躍している作家も多少はいるが、明確に色分けできるというのが現状だ。

こういった時代小説の置かれた状況を見るにつけ、ひとつだけはっきりしていることがある。単行本を継続的に発表していくことの困難さである。現在、この困難な作業をマイペースでこなしているのが、山本一力、諸田玲子と、本書の作者である宇江佐真理である。ここに象徴と表した第一の理由がある。

第二の理由は二極化はしているが、共通項がある。〝市井《しせい》人情もの〟が主力、要するに売れ筋という点である。宇江佐真理は〝市井人情もの〟の第一人者であり、本書はそれを代表する作品と言っていい。象徴と表したのはそういう意味である。

そこで、本書だが、冒頭、次のような文章で物語の幕が開く。

《両国広小路の朝は、どこかのんびりとした雰囲気に包まれている。大川沿いに並んでいる髪結床《かみゆいどこ》には客の姿もちらほら見えるが、おおかたの床見世《とこみせ》（住まいのつかない店舗）は暖簾《のれん》を出したり、品物を並べたりして商売の準備に余念がない。両国広小路には様々な床見世、水茶屋、芝居小屋、見世物小屋、楊弓場《ようきゆうば》、安い手間賃の髪結床がひしめいていた。

日中は居並ぶ床見世や芝居小屋の呼び込みの声、人々の話し声、笑い声、たまさか怒鳴り声、それに下駄や雪駄《せった》の足音が一緒くたになり、辺りは低い地鳴りのような喧《けん》騒《そう》に包まれる。その喧騒は店仕舞《じま》いする夕方まで続くのだ。

両国広小路は大川を挟んで本所《ほんじょ》側に位置する東両国広小路とともに江戸随一の繁華街だった。だが、朝だけ、その喧騒を忘れさせる静かな時間がある。

つかの間《ま》の静けさの中、通りをぼんやり眺めながらもの思いに耽《ふけ》るのは、今年十七になったお初《はつ》の楽しみだった。

水茶屋の「明石屋《あかしや》」は、両国広小路では少し大きな見世だ。お初は明石屋の娘だった。》

舞台は両国広小路。江戸随一の繁華街であり、作者は街の様子や、その喧騒ぶりを手際よく描写していく。〝市井人情もの〟では暮らしている土地が人物造形や物語の展開上、重要な鍵となる。最近作を例にとっても、『玄冶店《げんやだな》の女』(幻冬舎文庫)は日本橋の玄冶店と呼ばれる路地がもうひとつの主役であるし、『あやめ横丁の人々』(講談社文庫)では本所御竹蔵に程近い「あやめ横丁」が舞台となっている。この横丁は臑《すね》や心に大きな傷を持つ訳ありの人々が身を寄せ合って暮らしているところである。おそらく、作者が江戸の土地を意識的に作品世界の中核に取り込みはじめたのは、一九九九年に刊行された『深川恋物語』(集英社文庫)からであり、以後、作者の〝市井人情もの〟の重要な舞台装置となっていく。

本書でも、両国広小路という土地がヒロインであるお初の人物造形と深いかかわりをもっている。お初は水茶屋「明石屋」の娘であり、今年十七になる。作者は両国広小路の賑《にぎ》わいぶりを伝えると共に、その喧騒を忘れさせる朝の静かなひと時に、楽しみを見出しているお初の多感な女心とその吐息を、一幅の絵を見るように活写している。

ここで留意したいのはお初の生家が水茶屋を営んでいることだ。〝市井人情もの〟では土地と共に重要な鍵となるのが暮らしぶり、つまり、職業である。そもそも〝市井人情もの〟に限らず、時代小説自体が〝職業小説〟としての側面をもっている。例えば、江戸時代には、現代人の生活感覚では理解できない珍しい役職や職種が存在したし、現在まで連綿と続く職人技の源流を見出すこともできる。要するに、〝職業〟は時代を映す鏡であり、そのユニークさをフィルターとすることで、独自の小説空間が可能となる。中でも〝市井人情もの〟は、江戸の情緒や匂い、時代を駆け抜けていった人々の足音を活写できる恰好のジャンルとなっている。

本書でも生家が営んでいる水茶屋に対するお初の思いが、お初の人物造形の基礎を形作っていることに注目する必要がある。特に、本書では看板娘を置く風俗営業的な水茶屋の性格が前面に押し出され、そこに働く娘たちとお初とのからみが、お初に強い影響を及ぼすといった内容になっている。

作者は冒頭のたった十数行の文章の中で、お初の住む土地の特色と暮らしぶりに触れ、その世界をうかがわせてくれたのである。見事な書き出しと言える。

余談になるが、作者の江戸を舞台とした作品を読んでいると、代々の江戸っ子か、江戸通に見える。しかし、実際の作者は東京をほとんど知らない。東京・新橋生れの

北原亞以子とは対照的である。隅田川を初めて見たのは一九九八年の秋とのこと。このことに触れて、

《「昔、切り絵図で大川を探したことがありました。隅田川のことだなんて知らなかったから。私が書くのは幻の江戸。切り絵図をたどり、よそ者の感覚で想像した江戸です。言葉もかなり自分勝手だし。函館の浜言葉に通じるものはあるかな」》(「朝日新聞」二〇〇〇年四月二十一日・インタビュー記事より)

と、創作の秘密の一端を語っている。

つまり、宇江佐ワールドの特徴は、〝よそ者感覚で描いた幻の江戸〟というところにある。この〝幻の江戸〟が重要な舞台装置となっているところに作品の特性があり、それが人気の秘密となっている。

時代小説を定義すれば、「歴史の〝場〟を借りて、男たちや女たちの生きる姿勢を描いたもの」となる。この場合、歴史の〝場〟を借りるという点に重要な意味が含まれている。つまり、歴史の〝場〟を借りることにより、主人公をはじめとした登場人物がより自由な舞台を与えられ、ダイナミックな生き方が可能になるからだ。作家側からみれば、既成の枠にとらわれない自由な発想と展開が可能なわけである。

作者にとって〝幻の江戸〟とは、この歴史の〝場〟なのである。作者の描く〝街〟

が活き活きとして映り、なおかつ懐しさを覚えるのはこのためだ。
もうひとつ重要なことがある。前掲のインタビューの中で、時代小説を書きはじめた動機について、
《「動機は不純でした。純文学の土壌が強い北海道で、人の批評の及ばないものをと考えまして。本気になったのは藤沢周平さんを読んでからです。江戸を書きながら現代を照射する。時代小説の奥深さがわかりました。ただ、男性の作家と違って、もう少し男女の色つやを書いてみたかった」》
と、語っている。この発言に藤沢周平が「時代小説の可能性」（『周平独言』所収）と題したエッセイで書いている指摘を重ねると、作者の作品世界の輪郭を摑《つか》むことができる。
《……一見すると時代の流れの中で、人間もどんどん変るかにみえる。たしかに時代は、人間の考え方、生き方に変化を強いる。たとえば企業と社員、嫁と姑《しゅうとめ》、親と子といった関係も、昔のままではあり得ない。
だが人間の内部、本音ということになると、むしろ何も変っていないというのが真相だろう。どんな時代にも、親は子を気づかわざるを得ないし、男女は相ひかれる。景気がいい隣人に対する嫉妬《しっと》は昔もいまもあるし、無理解な上役に対する憎しみは、

江戸城中でもあったことである。

小説を書くということはこういう人間の根底にあるものに問いかけ、人間とはこういうものかと、仮りに答を出す作業であろう。時代小説で、今日的状況をすべて掬《すく》い上げることは無理だが、そういう小説本来のはたらきという点では、現代小説を書く場合と少しも変るところがない、と私は考えている。》

宇江佐作品から受ける感銘は、ここで指摘されているように時代小説だから可能な現代性が作品世界や登場人物に息づいているからである。

当然、本書でもそれはいかんなく発揮されている。ヒロインお初は自分探しをしている勝気な娘であり、源蔵はダジャレ好きな人の好いオヤジであり、お久は病弱な長男を猫可愛がりする母親、政吉はマザコンの長男といった風に、現在でもどこかにいそうな人々である。ここに作者が〝市井人情もの〟で開拓した独自の世界がある。

作者自身、前掲のインタビューの中で語っているように、本書は男女の色つやがテーマとなっており、お初の初恋貫徹物語が主軸となって展開する。解説では粗筋の紹介が常套《じょうとう》なのだが、あえて避けた。作者が工夫の上に仕掛けた〝呼ぶ子鳥〟〝忍び音〟〝薄羽かげろう〟等のネタがばれてしまう危険があるからだ。初恋貫徹物語は障害が付きもの。作者がどんな障害を用意したのか、本書の読みどころのひとつである。宇江佐ワールドの真髄《しんずい》をご堪能下さい。

＊幻冬舎文庫版に掲載されたものを再録しています。

朝日文庫版への追記

作者は、二〇一五年十一月七日に亡くなった。享年六十六。遺された作品の豊かさから言って惜しまれる死であった。デビュー作は一九九五年にオール讀物新人賞を受賞した「髪結い伊三次捕物余話」シリーズの第一話「幻の声」であるから、約二十年の作家生活を送ったことになる。この間に〝市井人情もの〟の名作を数多く世の中に送り出した。絶大な人気を誇った「髪結い伊三次捕物余話」シリーズは、その代表格であり、宇江佐ワールドともいうべき独特の〝市井人情もの〟を形成していく原動力となった。

その推進力となったのが、独自のモチーフである〝よそ者感覚で描いた幻の江戸〟を舞台とし、職業の持つ特性を人物造形や人間関係に巧みに活かすことで、生きることの喜び、哀しさ、切なさ、苦しみを丁寧に掬《すく》い取る手法を、磨き続けてきたからに他ならない。それが読者の心に響き、愛読されている理由である。

〝市井人情もの〟だけではない。作者は、『雷桜』『余寒の雪』『おぅねぇすてぃ』『深尾くれない』『憂き世店　松前藩士物語』『蝦夷拾遺　たば風』『大江戸怪奇譚　ひとつ灯せ』等々、郷土愛をモチーフとした函館もの、武士義理もの、剣豪もの、怪奇ものにも挑戦し、題材を広げ、読者を楽しませることにたゆまぬ努力をしている。こんな作家としての姿勢が、読者を突き動かしているのである。

死後も人気は衰えることを知らない。その証拠に朝日文庫から、『深尾くれない』『おはぐろとんぼ　江戸人情堀物語』『お柳、一途　アラミスと呼ばれた女』が新装版として復刊、『酔いどれ鳶　江戸人情短編傑作選』が編まれ、新たな読者の開拓にもつながっている。忘れ去られていく作家が多いなかで、宇江佐ワールドの灯を絶やさないことが大事である。

（きくち　めぐみ／文芸評論家）

恋《こい》いちもんめ
朝日文庫

2022年10月30日　第1刷発行

著　者　宇江佐真理《うえざまり》

発行者　三宮博信
発行所　朝日新聞出版
〒104-8011　東京都中央区築地5-3-2
電話　03-5541-8832（編集）
03-5540-7793（販売）

印刷製本　大日本印刷株式会社

Published in Japan by Asahi Shimbun Publications Inc.
定価はカバーに表示してあります

ISBN978-4-02-265066-5
落丁・乱丁の場合は弊社業務部（電話 03-5540-7800）へご連絡ください。
送料弊社負担にてお取り替えいたします。

悲恋
朝日文庫時代小説アンソロジー　思慕・恋情編

細谷正充・編／安西篤子／池波正太郎／北重人／澤田ふじ子／南條範夫／諸田玲子／山本周五郎・著

夫亡き後、舅と人目を忍ぶ生活を送る未亡人。父を斬首され、川に身投げした娘と牢屋奉行跡取りの運命の再会。名手による男女の業と悲劇を描く。

おやこ
朝日文庫時代小説アンソロジー

細谷正充・編／池波正太郎／梶よう子／杉本苑子／竹田真砂子／畠中　恵／山本一力／山本周五郎・著

養生所に入った浪人と息子の嘘「二輪草」、歌舞伎の名優を育てた養母の葛藤「仲蔵とその母」など、時代小説の名手が描く感涙の傑作短編集。

なみだ
朝日文庫時代小説アンソロジー

細谷正充・編／青山文平／宇江佐真理／西條奈加／澤田瞳子／中島　要／野口　卓／山本一力・著

貧しい娘たちの幸せを願うご隠居「松葉緑」、親子三代で営む大繁盛の菓子屋「カスドース」など、ほろりと泣けて心が温まる傑作七編。

いのち
朝日文庫時代小説アンソロジー

朝井まかて／安住洋子／川田弥一郎／澤田瞳子／山本一力／山本周五郎／和田はつ子・著／末國善己・編

江戸期の町医者たちと市井の人々を描く医療時代小説アンソロジー。医術とは何か。魂の癒やしとは？　時を超えて問いかける珠玉の七編。

吉原饗宴
朝日文庫時代小説アンソロジー

菊池仁・編／有馬美季子／志川節子／中島要／南原幹雄／松井今朝子／山田風太郎・著

売られてきた娘を遊女にする裏稼業、身請け話に迷う花魁の矜持、死人が出る前に現れる墓番の爺など、遊郭の華やかさと闇を描いた傑作六編。

江戸旨いもの尽くし
朝日文庫時代小説アンソロジー

今井絵美子／宇江佐真理／梶よう子／北原亞以子／坂井希久子／平岩弓枝／村上元三／菊池仁編

鰯の三杯酢、里芋の田楽、のっぺい汁など素朴で旨いものが勢ぞろい！　江戸っ子の情けと絶品料理に癒される。時代小説の名手による珠玉の短編集。

朝日文庫

わかれ
細谷正充・編／朝井まかて／折口真喜子／木内 昇／北原亞以子／西條奈加／志川節子・著
朝日文庫時代小説アンソロジー

武士の身分を捨て、吉野桜を造った職人の悲話「染井の桜」、下手人に仕立てられた男と老猫の友情「十市と赤」など、傑作六編を収録。

情に泣く
細谷正充・編／宇江佐真理／北原亞以子／杉本苑子／半村良／平岩弓枝／山本一力／山本周五郎・著
朝日文庫時代小説アンソロジー　人情・市井編

失踪した若君を探すため物乞いに堕ちた老藩士、家族に虐げられ娼家で金を毟られる旗本の四男坊など、名手による珠玉の物語。《解説・細谷正充》

傷
北原　亞以子
慶次郎縁側日記

空き巣稼業の伊太八は、自らの信条に反する仕事をさせられた揚げ句、あらぬ罪まで着せられてお尋ね者になる。《解説・北上次郎、菊池仁》

化物蠟燭《ばけものろうそく》
木内　昇

当代一の影絵師・富右治に持ち込まれた奇妙な依頼（「化物蠟燭」）。長屋連中が怯える若夫婦の正体（「隣の小平次」）など傑作七編。《解説・東雅夫》

津田梅子
大庭　みな子

日本初の女子留学生として渡米し、帰国後は日本の女子教育に身を捧げた津田梅子。津田塾大学の創始者の軌跡を辿る。《解説・髙橋裕子》

酔いどれ鳶
宇江佐　真理／菊池　仁・編
江戸人情短編傑作選

夫婦の情愛、医師の矜持、幼い姉弟の絆……。江戸時代に生きた人々を、優しい視線で描いた珠玉の六編。初の短編ベストセレクション。